J. Friedrich Iken

Heinrich von Zütphen

J. Friedrich Iken

Heinrich von Zütphen

ISBN/EAN: 9783743648203

Hergestellt in Europa, USA, Kanada, Australien, Japan

Cover: Foto ©Raphael Reischuk / pixelio.de

Weitere Bücher finden Sie auf **www.hansebooks.com**

Heinrich von Zütphen.

Von

J. Friedrich Iken,
Pastor in Bremen.

Halle 1886.
Verein für Reformationsgeschichte.

Vorwort.

Die Reformationszeit hat eine ansehnliche Zahl von evangelischen Märtyrern aufzuweisen. Heinrich von Zütphen gehört der Zeit nach zu den ersten derselben auf deutschem und niederländischem Gebiete. Er steht in einer Linie mit Heinrich Voes und Johann Esch, mit Caspar Tauber, Nikolaus von Antorf, Wolfgang Schuch, Bernhard Käser, Peter Flystedt, Adolf Clarenbach und den andern, welche in den zwanziger Jahren des 16. Jahrhunderts ihr reformatorisches Bekenntnis mit einem blutigen Tode zu besiegeln hatten. Aber ohne Frage überragt er sie alle, selbst Clarenbach, durch seine geistige Bedeutung und den gesegneten Erfolg seines Wirkens. War es doch kein gewöhnlicher Mensch, er den Melanchthon mehrfach als einen Mann des Wissens und der That gefeiert, welchem Luther ein so schönes biographisches Denkmal gesetzt hat, und bei dessen Tode ein Schrei des Entsetzens durch ganz Deutschland und die Niederlande hinging. Freund und Feind wußten damals, wie viel an dem Manne war, der am 10. Dezember 1524 zu Heide in Holstein den Flammentod starb, in wissenschaftlicher wie in praktischer

Hinsicht galt er ihnen als der tüchtigsten einer. Auch heute wissens noch Manche. Knüpft sich doch an den Namen Heinrichs von Zütphen vor allem die Reformation der Stadt Bremen und der Dithmarserlande in Holstein. Darum verdient er auch, in der Erinnerung bewahrt zu bleiben.

Es fehlt freilich auch nicht an zahlreichen Darstellungen von dem Leben und Wirken dieses Mannes aus der älteren und der neueren Zeit. Vor allem war es Luther, welcher schon 1525 in seiner „Historie von Bruder Heinrichs von Zütphens Märtyrertode" dem Verstorbenen ein treffliches Denkmal gesetzt und damit nicht nur, wie er beabsichtigte, den über ihres Reformators Heimgang betrübten Bremern einen wohlthuenden Trost bereitet, sondern auch der reformatorischen Geschichtsschreibung einen wichtigen Dienst geleistet hat. Luther entnahm seine Darstellung den Berichten anderer. Es sind auf uns zwei Schilderungen gekommen, die er, wenn auch nicht allein, doch sicher als seine Quellen benutzte, die aber auch selbständig damals im Drucke erschienen. Wir meinen einmal den Brief des Bremer Predigers Jakob Probst an Luther über Heinrichs Märtyrertob, welcher, ursprünglich lateinisch, hernach (1525) in deutscher Uebersetzung gedruckt und viel gelesen wurde.[1]) Sodann existiert noch eine Erzählung, die anonym zu derselben Zeit erschien, wahrscheinlich aber den bisherigen Vorsteher der sächsischen Augustiner-Kongregation, Wenzeslaus Link, zum Verfasser hat.[2])

---

[1]) Jakob Probst's Brief über H. v. Zütphens Ende steht lateinisch bei Kapp: Kl. Nachlese von Ref. Urkunden II, 660; Hellmann: Kurz verfaßte Süder-Dithmarsische Kirchenhistorie (Hamburg 1735) S. 54 Anm. 5 und Brem. Jahrbuch 2. Serie 1. Band (1895) S. 252 ff. Die deutsche Uebersetzung erschien unter dem Titel: „Ain erschröckliche geschicht, wie etliche Ditmarsche den Christlichen prediger Haynrich von Zutfeld newlich so jemerlich umb gebracht haben, in einem Sendbrieff. Doctor Martino Luther zugeschrieben im jar MDXXV" (ohne Druckort). Abgedruckt bei H. G. Janssen: Jakobus Präpositus, Luthers Leerling en vriend (Amsterdam 1862), Beilage II.

[2]) „Historia wie S. Heinrich von Zutphan newlich in Dittmars umbs evangelions willen gemartert und gestorben ist." 1525 (ohne Angabe des

Indeſſen wurde Luthers „Hiſtorie" weitaus bekannter und be-
rühmter als dieſe andern, wie ſie denn auch allen ſpäteren Dar-
ſtellungen ſowohl in den Chroniken als in beſonderen Mono-
graphien zu Grunde liegt. Solcher ſind denn auch verſchiedene
erſchienen, und namentlich haben im letzten und in unſerm Jahrhundert manche Schriftſteller ſich damit beſchäftigt, die Geſtalt
des Märtyrers in beſonderen Schriften einem ſpäteren Geſchlechte
wieder näher zu führen. Sie haben dabei einerſeits das von
Luther gezeichnete Bild treu wiedergegeben, anderſeits daſſelbe auch
durch mancherlei ſeither an den Tag gekommene Nachrichten
weſentlich ergänzt. Unter dieſen Biographen dürfte in erſter Linie
der Kieler Profeſſor Heinrich Muhlius für das vorige Jahrhundert
zu erwähnen ſein,[1]) für unſere Zeit der vor einigen Jahren ver-
ſtorbene Groninger Prediger C. H. von Herwerden.[2]) Aber ſo hoch
dieſe Männer und andere in ihrem Gefolge ſich um die Darſtellung
der Geſchichte Heinrichs von Zütphen verdient gemacht haben,
es iſt doch das vorhandene Quellen-Material von ihnen noch
nicht genügend ausgenutzt worden. Vor allem über Heinrichs
Hauptwirkſamkeit, nämlich die zu Bremen, liegen in Wirklichkeit
viel mehr ſpezielle und intereſſante Nachrichten vor, als man nach

Druckortes). Auf der Bremer Stadtbibliothek. Abgedruckt im Bremiſchen
Jahrbuch a. a. O. S. 191 ff., wo auch die Vermutung, daß W. Linck der
Verfaſſer ſei, aufgeſtellt iſt.

[1]) H. Muhlius, ein geborner Bremer, Profeſſor in Kiel, ſchrieb 1714 eine
Dissertatio de vita et gestis Henr. Zutphaniensis in panegyriſchem Tone,
aber im Uebrigen durch viele hiſtoriſche Mitteilungen verdienſtvoll. Dabei
veröffentlichte er die (unten zu beſprechenden) Theſenreihen des Märtyrers
in der lateiniſchen und der deutſchen Edition; auch wird das traditionelle
Bildnis von Heinrich, welches David Ebersbach in ſeinem Buche: „Das
Glaubens-Bekänntniß des ſeeligen Märtyrers, Bruder H. v. Z." (Hamburg
1713) giebt, von demſelben als „Ex museo summe Venerandi Dni D.
Muhlii" bezeichnet.

[2]) „Het Aandenken van Hendrik van Zutphen onder zijne Land-
genooten vernieuwd door C. H. van Herwerden, C. Hz. Theol. Doct. en
Pred. to Groningen. Tweede, vermeerderde en verbeterde druk.
Arnhem 1864.

jenen Biographien annehmen müßte. Auch der noch jüngst erschienene „Historische Essay" über Heinrich von Zütphen von Oskar Wießner giebt uns nicht die genaue und zuverlässige Darstellung, wie man sie bei dem heutigen Stand reformatorischer Geschichtsforschung erwarten dürfte.[1])

Unser Unternehmen, das Lebensbild dieses Blutzeugen der Reformation noch einmal zu zeichnen, dürfte damit gerechtfertigt sein.

----

[1]) „Heinrich von Zütphen. Ein Märtyrer der Reformation. Historischer Essay von Oscar Wießner" (Berlin 1884). Der Verfasser beschränkt sich in seiner Darstellung auf einige Hauptpunkte, während er über viel Wichtiges und Charakteristisches rasch hinwegeilt; auch fehlt jeglicher Quellennachweis, sobaß man manche Angabe nicht controlieren kann. — Dabei sei noch erwähnt, daß auch vor einigen Jahren eine kleine deutsche Biographie von H. v. Z. erschien, nämlich von R. Fromme, Pastor in Werfabe in „Erforschtes und Erlebtes" (1. Hinrich von Zütphen) Hermannsburg 1878. Dieselbe hält sich wesentlich an Herwerden und an die von uns im Bremischen Jahrbuch (VIII. Band, 1876) veröffentlichten Mitteilungen über die Bremische Reformation, darf aber dabei auf Richtigkeit und Genauigkeit im Einzelnen keinen Anspruch erheben. — Die anderen Biographien aus älterer und neuerer Zeit sollen, soweit es nötig ist, hernach am gehörigen Platz Erwähnung finden.

Der Verfasser.

Inhalt.

1. Heinrich von Zütphens Heranbildung und Annahme des evangelischen Glaubens.

Wie bei so manchem anderen in der Geschichte wichtigen Manne liegt auch bei Heinrich von Zütphen die Jugendzeit wie in unburchbringlichen Schleier gehüllt. Daß seine Vaterstadt Zütphen, diese niederländische Stadt der Grafschaft gleichen Namens im Lande Geldern, gewesen, sagt uns der Beiname, unter dem er uns bekannt geworden ist. Aber darauf beschränkt sich auch so ziemlich unser ganzes Wissen über seine Herkunft und alles damit Zusammenhängende. Weder sein Geschlechtsname, noch sein Geburtsort, noch der Stand seiner Eltern sind bekannt geworden. Man hat zwar später diesem Mangel abzuhelfen gesucht, indem man wenigstens Namen und Geburtsort für ihn festsetzte. Er soll Moller oder Müller geheißen haben, und diese Annahme, obwohl schon im vorigen Jahrhundert bezweifelt, gilt noch jetzt in den meisten Büchern für ausgemacht.[1] Aber sie läßt sich durchaus nicht beweisen. In allen Schriften seiner Zeitgenossen und weit darüber hinaus trägt er nur den Namen Heinrich von Zütphen (Henricus Zatphaniensis, Supphenus oder in ähnlicher Form), und erst viel später erscheint plötzlich jener Zuname. Wie er zu diesem gekommen, läßt sich wenigstens vermutungsweise noch erklären. Es giebt nämlich aus den ersten Reformationstagen her ein früher nicht unbekanntes Trostlied, das manchem Gemüte zur Aufrichtung gedient haben mag; es beginnt mit den Worten:

„Hilf Gott, daß mir's gelinge,
Du edler Schöpfer mein."

1

Das Lied trägt in den Anfangsbuchstaben seiner Verse den Namen
Heinrich Müller, und schließt außerdem nach altvolkstümlicher
Weise mit den Worten:

> „Hat Heinrich Müller gesungen
> In dem Gefängnis sein."

Weil man den eigentlichen Verfasser dieses Liedes nicht mehr
kannte, glaubte ein kühner Gelehrter, der von unseres Märtyrers
Leiden gehört, aber doch nur ungenau unterrichtet war, dieser
Heinrich Müller sei kein Anderer als unser Zütphener. Und doch
hat derselbe, wie sich zeigen wird, niemals eine härtere Gefängnis=
strafe erduldet. Wir nennen daher den Mann nur wie ihn seine
Zeitgenossen genannt haben.[2]) Auch sein Geburtsjahr glaubte
man seit dem vorigen Jahrhundert zu wissen und setzte dafür
1488 fest. Auf einem Bilde nämlich von 1713, welches unsern
Märtyrer darstellt und auf seinen Tod hinweist, steht die Be=
zeichnung Aetat. 36 (d. h. im 36. Lebensjahre), und da Heinrich
1524 starb, so ergab sich daraus 1488 als Geburtsjahr. Aber
mag auch das Bild von einem älteren Original herstammen und
die Jahresangabe auf frühere Traditionen zurückgehen, als sicher
kann uns auch diese Notiz nicht gelten.[3]) Immerhin wird Hein=
rich ungefähr um diese Zeit geboren sein; er steht zu Luther,
wie wir hernach sehen werden, ebenso im Verhältnis eines Schü=
lers wie eines vertrauten Freundes und kann also sehr wohl
etwa fünf Jahre jünger gewesen sein als dieser.

Der Grund, warum über Heinrichs Herkunft gar nichts vor=
liegt und auch hernach trotz sorgfältiger Nachforschungen nichts
aufgefunden worden, liegt wohl in dem späteren traurigen Schicksal
seiner Vaterstadt. In dem Befreiungskriege der Niederländer
wider Spanien bezwang Herzog Alba die Stadt Zütphen. 500
Bürger wurden dabei ermordet oder in die Yssel geworfen, viele
andere ausgetrieben, die Stadt aber an acht Ecken in Brand
gesteckt. Da mögen alle Bürgerlisten und Aktenstücke verloren
gegangen sein, die uns über diese und andere Fragen Auskunft
geben könnten. Sie müssen deshalb unbeantwortet bleiben.[4])

Wichtiger als die Frage nach Vatersnamen und Geburts=
jahr ist hier ein Anderes. Schon 100 Jahre früher hatte Züt=
phen einem edlen Manne Leben und Namen gegeben, welcher

den „Brüdern des gemeinsamen Lebens" angehörte. Es war Gerhard von Zütphen, auch Zerbold genannt, ein Mann von großer Gelehrsamkeit und heller Gotteserkenntnis. Er erwarb sich viele Verdienste um die Verbreitung der Bibel in der Volkssprache und gründete für jene „Brüder" eine Bibliothek zu Deventer. Doch starb er schon im 31. Lebensjahre (1398). Mit ihm sind wir jener eigenartigen Erscheinung in den Niederlanden näher getreten, welche von so bedeutungsvoller Vorbereitung für die Reformation geworden und auch auf unsers Heinrichs Entwicklung von Einfluß gewesen sein muß. Die „Brüder des gemeinsamen Lebens" bildeten einen freien Orden, anders als die Mönche, und von heilsamen Wirkungen. Angeregt durch die Mystik eines Tauler und Ruysbroek wollten die Gründer dieser Genossenschaft, Gerhard der Große (nicht zu verwechseln mit dem eben genannten Gerhard von Zütphen) und Florentius Radewins vor allem Frömmigkeit und Arbeitsamkeit pflegen. Sie sammelten dazu viele Genossen um sich, welche durch Abschreiben und Verbreiten der heiligen Schrift, durch Predigt und Volksunterricht, sowie durch gelehrte und erbauliche Schriften von gesegnetem Einfluß auf Hoch und Niedrig wurden.. Aus ihrem Kreise ist der unvergeßliche Thomas von Kempen († 1471) hervorgegangen. Das erste sogen. „Bruderhaus" dieser Stiftung zu Deventer lag in unmittelbarer Nähe von Zütphen, und auch Zwolle, des Thomas Wohnsitz, war nicht fern davon gelegen. Wie konnte es da an Berührungen fehlen?

Auch waltete in den niederländischen Staaten schon lange ein auf eigne Betriebsamkeit gegründeter freiheitlicher Sinn. Unter den burgundischen Regenten war derselbe groß gezogen, und vergebens suchten ihre Nachfolger, die Habsburger, ihn wieder zu dämpfen. Der deutsche Kaiser Karl V. trachtete in diesen seinen reichen Erblanden nach Centralisierung und führte nach spanischem Muster staatlichen und kirchlichen Zwang ein. Gab das schon zu seiner Zeit vielen Unwillen und Widerspruch, so entstand daraus hernach unter Philipp II. jener gewaltige Unabhängigkeitskampf und die endliche Befreiung des nördlichen Teiles der Staaten. Früh hatte man in diesen sich auch den neuen Strömungen in Theologie und sonstiger Gelehrsamkeit zugewandt, und

an der Schwelle der Reformationszeit zeigt sich hier ein reger
Aufschwung des wissenschaftlichen Lebens. Wir brauchen nur
zwei Namen zu nennen, um die Bedeutung dieser Gegenden für
das erblühende Geistesleben ins Licht zu stellen, nämlich Johann
Wessel aus Groningen, diesen tiefsinnigen und großen Schrift=
theologen, dessen Lebenszeit wohl noch eben in die unsers Heinrich
hineinreicht († 1489), und Desiderius Erasmus aus Roterdam,
den größten aller Humanisten. So blühten in den Niederlanden
die Wissenschaften, wie in wenigen anderen Ländern der Christen=
heit, und während anderswo neben einer hochgebildeten Gelehrten=
klasse der größte Teil des Volkes in Roheit, Aberglauben und
Priesterdruck dahinlebte, sorgten hier jene Brüder des gemein=
samen Lebens dafür, daß die edelsten Ergebnisse der Bildung
auch so viel wie möglich dem Volksleben zu gute kamen. Was
wunder, wenn die in Sachsen durchbrechende Reformationsthat
vor allem in den Niederlanden mit begeisterter Wärme ergriffen
ward? wenn gerade hier Männer aufstanden, welche nicht allein
in ihrem Vaterlande freudig wirkten und vielfach den Märtyrer=
tod dafür erlitten, sondern in großer Zahl auch nach Deutschland
herüberkamen und an vielen Orten Großes und Unvergeßliches
leisteten?

Es muß wohl im Dunkeln bleiben, wie viel unsres Heinrichs
Jugendentwicklung von jenen vorreformatorischen Strahlen beleuch=
tet gewesen ist. Als er uns zuerst begegnet, finden wir ihn nicht
auf gelehrter, humanistischer Laufbahn, auch nicht in einem jener
„Bruderhäuser", sondern als Bettelmönch im Augustinerorden.
Eine angeregtere Jugendzeit kann ihm freilich darum ebensowohl
zu Teil geworden sein, wie dem Augustiner Luther. Was ihn
zu seinem Klostereintritt veranlaßt, hat er später ebensowenig ver=
raten, als in welches Kloster er eingetreten. Bemerkenswert ist
es immerhin, daß er nicht den Franziskanern seiner Vaterstadt,
sondern den Augustinern eines andern Ortes (denn solche gab es
in Zütphen nicht) den Vorzug gab, und wiederum, daß es gerade
ein Augustinerkloster von der reformierten „sächsischen Congre=
gation" war, in welches er trat.[5]) Damals hatten sich drei von
den niederländischen Augustinerklöstern dieser sächsischen oder deut=
schen Congregation angeschlossen, nämlich zu Haarlem, Enkhuizen

und Dordrecht,*) und in einem derselben befand sich somit Heinrich. Was bedeutete aber diese Congregation? Sie gehört in die Reihe der Kloster-Reformierungen, deren das Mittelalter so viele hervorgebracht hat. Andreas Proles, der deutsche Augustinervikar († 1503), hatte sie in einem Teile seines Ordens durchgeführt, und sein Nachfolger, Johann Staupitz, folgte ihm getreulich auf dieser Bahn. Man hat in dieser Reformierung oftmals eine vorreformatorische Bewegung sehen wollen und behauptet, daß die so erneuten Augustiner sich durch ein vorzügliches Studium des Augustinus, durch große Schriftkenntnis, Mystik u. dgl. hervorgethan. Aber bei näherem Zusehen findet sich davon nichts. Es war nur eine strengere Durchführung der alten Klosterregeln und darum ein größerer religiöser Ernst, was Proles und Staupitz bei ihren Anhängern erstrebten; war doch auch bei den Bettelmönchen viel von der alten Zucht und Strenge in Verfall geraten, und darum eine solche Umkehr von heilsamer Bedeutung. Eine Reformation im evangelischen Sinne war von diesen Bestrebungen aus nicht zu erwarten.⁶) Und doch ist es wohl nicht zufällig gewesen, daß gerade diese Ordenscongregation die Basis für die Reformation hergegeben. Hier würdigte man Luthers Ringen doch mehr, als man es mutmaßlich in einem Dominikaner- oder auch in einem „nicht reformierten“ Augustinerkloster gethan, und eine Persönlichkeit wie die des Johann Staupitz mit ihrem tiefen Ernste und dem eindringenden Verständnis für anderer Seelennot hätte man anderswo wohl so leicht nicht gefunden. Auch für Heinrich war die Wahl gerade dieser Congregation nicht gleichgültig; sie gab ihm eine ernste Sinnesrichtung und erleichterte es ihm später, mit so vielen Brüdern dem hervortretenden mächtigen Ordensgenossen sich anzuschließen.

Nach alter Tradition hat Heinrich bei seinem Klostereintritt den Namen Johannes, nach dem Apostel dieses Namens, annehmen müssen. Der Gebrauch solcher Namensveränderung ist bekannt, Luther mußte ja seinen ehrlichen Vornamen mit dem des Ordensheiligen Augustinus vertauschen. Aber sie hatte für Heinrich keine weitere Bedeutung. Niemals, auch nicht in den ältesten vorreformatorischen Aufzeichnungen, finden wir ihn Johannes genannt, wie auch Luther bekanntlich in Wirklichkeit immer als „Bruder Martin" erscheint. Als „Bruder Heinrich" sollten ihn nachher die Feinde mit Schrecken, die Anhänger aber mit Freuden kennen lernen, und unter diesem Namen ist er auch uns noch teuer geblieben.*)

Zu einem festeren geschichtlichen Halt über Heinrichs Leben gelangen wir erst etwa mit seinem 20. Jahre. Im Sommer 1508 nämlich finden wir seinen Namen in die Listen der Studierenden zu Wittenberg eingetragen. Es heißt da: „Bruder Heinrich aus Geldern von Zütphen des Augustinerordens."**) Eine interessante Thatsache! Was führte den jungen Mönch schon damals an den Herd der nachherigen Reformation? Luthers Persönlichkeit konnte es nicht sein, denn dieser war noch gar nicht dort, sondern kam erst am Anfang des Winterhalbjahres von Erfurt herüber. Es muß die enge Beziehung zwischen den Augustinern der sächsischen Congregation gewesen sein, was die Ordensoberen veranlaßte, Heinrich jetzt nach Wittenberg und hernach nach Köln zu senden. Er sollte lernen und weiterkommen, denn an Gaben fehlte es ihm nicht. Wie bei der Gründung der Universität Wittenberg im Jahre 1502 darauf gerechnet war, daß der dortige Augustinerkonvent der jungen Hochschule Dozenten liefern sollte, so suchte natürlich der Orden diese Universität auch für die Ausbildung seiner Mönche nutzbar zu machen, indem auch aus den entferntesten Klöstern strebsame und befähigte Mitglieder zum Studium ins Wittenberger Kloster versetzt wurden. Man ahnte freilich noch nicht, welches Licht von dort aus der ganzen Christenheit zustrahlen sollte. War doch die Wittenberger Stiftskirche ausgestattet mit einem Schatze von 5000 Stück Reliquien, und etwa 10,000 Messen sollten alljährlich in ihr gelesen werden. Kurfürst Friedrich der Weise hatte wohl seine Freude an dem aufblühenden Humanismus, aber er dachte nicht im entferntesten daran, mit dieser neuen Hochschule der alten Kirche Ungelegenheiten zu bereiten.

Heinrich ist ohne Zweifel damals mit Luther persönlich bekannt geworden. Wohnten doch beide pflichtmäßig in demselben

Klostergebäude und nahmen täglich an der gemeinsamen Mahlzeit des Konvents teil. Aber von einem näheren Verhältnisse zwischen ihnen findet sich noch keine Spur. Im Gegenteil, Luther erinnert sich hernach (1516) nur mit Hülfe Anderer dieses seines niederländischen Studiengenossen, für den er in späteren Jahren ein so warmes Herz haben sollte.[9]

Und doch muß Heinrichs Aufenthalt zu Wittenberg mehrere Jahre gedauert haben. Das bezeugt uns eine Notiz des Predigers Johannes Lang zu Erfurt, des bekannten, vertrauten Freundes von Luther. Derselbe war im Sommer 1511 als Studierender nach Wittenberg gekommen; und er erzählt uns (1525), daß er mehrere Jahre mit Heinrich daselbst zusammengelebt. „Mit welchem ich (sagt er) Tag und Nacht, so wir zu Wittenberg beide im Studio gewesen sein, gar naher drei oder vier Jahre gelebt habe."[10] Lang rühmte ihn bei der Gelegenheit auch als einen „redlichen, gelehrten und christlichen Mann", und gewiß denkt er dabei an diese gemeinsam zu Wittenberg verlebten Jahre. (Heinrich hat auch bei seinem späteren zweiten Aufenthalt an dieser Universität sich großen Ruhm durch seine Studien und sein musterhaftes Leben erworben, und zwar aus dem Munde keines Geringeren als Melanchthons.) Im Uebrigen ist uns nur noch die Thatsache bekannt geworden, daß Heinrich im Augustinerkloster die Würde eines Lektors oders Vorlesers erlangte.[11]

Dann aber hören wir wieder von seinem Aufenthalte in Köln (etwa 1514).[12] Auch hier befand sich ein Augustinerkloster sächsischer Congregation, in das er versetzt sein wird. Die altberühmte Universität konnte ihm weitere Gelegenheit zur Ausbildung in den theologischen und humanistischen Wissenschaften bieten. Doch scheint Heinrich sich mehr um die praktischen Arbeiten seines Ordens bekümmert zu haben. Wenigstens hören wir von keinen akademischen Graden, die er erlangt, wohl aber von der Würde eines Suppriors (stellvertretenden Priors), welche ihm hier im Kölner Kloster übertragen worden. Es muß das schon gleich im ersten Jahre seines Aufenthaltes geschehen sein. Ein solcher Posten setzte jedenfalls Vertrauen von Seiten der Ordensoberen und eine nicht unbedeutende Reise voraus, und an beiden kann es Heinrich nicht gefehlt haben. Interessant ist übrigens die Notiz, daß zu der gleichen Zeit wie Heinrich (1514) in Köln ein Mann studierte, der später zu seinem Nachfolger als evangelischer Prediger im Ditmarsenlande ausersehen war, aber in Wirklichkeit sein Nachfolger auf dem Scheiterhaufen wurde. Es war Adolf Clarenbach.[13] Schwerlich werden die Wege des Schulmanns und des in seinem Kloster beschäftigten Augustiners sich damals näher berührt haben.

Von Köln kam Heinrich wieder in seine Heimat zurück. Schon im folgenden Jahre (1515) finden wir ihn als Prior am Augustinerkloster zu Dordrecht. Luther meldet es in einem Briefe am 26. Oktober 1516: „Prior ist daselbst (zu Dordrecht) der Lektor Heinrich, ehemals (wie jene sagen) unser Studiengenosse, vorher Supprior in Köln."[14] Somit steht der etwa 27jährige nunmehr an der Spitze eines ganzen Klosterkonventes. Und hier ist er nicht unthätig gewesen. Wir hören 1516 von einer „Reformation" dieses Konvents. Das war jedenfalls noch keine Reformation in unserm Sinne des Wortes, sondern es kann sich dabei wohl nur um die Durchführung einiger strengeren Maßregeln gehandelt haben. Wir erfahren dieselben nicht, wohl aber, daß es darüber zu Streitereien im Kloster kam. Ein Teil der Brüder war unzufrieden damit, die Sache kam an die weltliche Behörde, und diese, der Stadtrat sowohl als der Herzog, wandten sich an den Generalvikar Staupitz, welcher sich gerade in den Niederlanden befand, um die Sache beizulegen. Luther (dessen Briefe uns diese Notizen erhalten haben)[15] billigt es nicht recht, vielleicht war ihm Heinrichs Eifer zu stark gewesen. Ob Staupitz dorthin gekommen und etwas ausgerichtet, ist nicht mehr ersichtlich, wohl aber traf bald hernach ein anderer Augustinerbruder, der Pater Spangenburg aus Köln zu Dordrecht ein und wurde von den Bürgern der Stadt mit großer Auszeichnung empfangen.[16] Man dürfte annehmen, daß derselbe von Staupitz beauftragt worden, die streitige Angelegenheit zu erledigen. In der Stadt muß man sich lebhaft dafür interessiert haben. Auch Luther berichtet diesmal mit Befriedigung, ihm sei geschrieben, der Dordrechter Konvent werde bald ein ganz vorzüglicher sein.

Nicht lange darnach schien es hier zu einer andern, einer wirklichen Reformation kommen zu sollen. Das Feuerzeichen des

31. Oktober 1517 erschien am Himmel. Der Bruder Martinus im Wittenberger Augustinerkloster schlug seine Thesen wider den den päpstlichen Ablaß an und wies alle ihm darüber widerfahrenen Angriffe mit siegreicher Kraft zurück. Weite Kreise der Christenheit gerieten dadurch in Bewegung, man ahnte den Durchbruch einer neuen Zeit. Und immer kühner ward der Mönch. Von seinen Feinden gedrängt und von seinem eignen, durch Gott erleuchteten Gewissen getrieben, kam er von einer Position zur andern. 1518 verweigerte er vor dem Legaten des Papstes den Widerruf, 1519 erklärte er sich in der Leipziger Disputation für die von der Kirche verworfenen Sätze von Huß und Wiklif, und 1520 schrieb er seine schneidigsten großen Reformationsschriften wider Rom und verbrannte die gegen ihn geschleuderte Bannbulle. Es war natürlich, daß die Aufregung über diese Ereignisse und das Interesse für den kühn aufstrebenden Ordensbruder sich ganz besonders im Schoße der Augustinerkonvente deutscher Congregation verspüren ließ. Stand doch der Generalvikar Staupitz bei aller Zurückhaltung der Bewegung wohlwollend gegenüber und schien sie, in bewundernder Liebe zu Luther, anfangs nur begünstigen zu wollen. Was wunder, wenn die Augustiner darin vielfach ihre eigene Angelegenheit erblickten und ihr an so vielen Orten beifielen! Die innere Erneuerung, welche einst Proles unter ihnen begonnen, und Staupitz dann weitergeführt, hatte sie dafür gleichsam prädisponiert. Durch Luther schien das Alles zur höchsten Erfüllung kommen, und ihr Orden zugleich eine weltgeschichtliche Bedeutung gewinnen zu sollen.

Daß auch im Dordrechter Kloster hierüber lebhafte Erörterungen und Bewegungen entstanden, davon haben wir bestimmte, wenn auch nicht völlig deutliche Nachrichten.[17]) Es wird erzählt, im Frühling 1518 hätten hier einige Mönche aufrührerisch gelehrt, „nicht allein gegen die Wahrheit, sondern auch gegen die Wohlfahrt der Stadt." Vier solche Mönche werden dabei namhaft gemacht. Unter ihnen befindet sich der Name des Priors Heinrich nicht, aber es ist undenkbar, daß dergleichen in seinem Kloster und unter seinen Augen geschehen wäre, wenn er nicht mit jenen Mönchen einverstanden gewesen wäre. Um was es sich dabei gehandelt, wird nicht bestimmt gesagt. Aber die ganze Mitteilung läßt darauf schließen, daß es ein Eifern gegen den Ablaß gewesen, wozu sich etliche Brüder im Beichtstuhl und auf der Kanzel haben hinreißen lassen. Hierüber kam es zu einer Klage bei der städtischen Behörde, und diese mochte darin eine Gefährdung des öffentlichen Friedens erblicken. Wiederum wandte sie sich an den Ordensoberen, diesmal an den Provinzialvikar Wilhelm von Altmaar in Köln, und zwar direkt mit der Bitte, die betreffenden Brüder vom Konvente auszuschließen. Er weigerte sich dessen. Als eine neue Aufforderung ebenfalls erfolglos blieb, nahm die Behörde die Sache selbst in die Hand. Der Bürgermeister Pieter Damascoon van der Mijle und vor allem der Pensionär Floris Oem van Wijngarden entwickelten dabei großen Eifer. So brach über den frisch aufblühenden Konvent im Herbst 1518 eine Verfolgung aus. Aber sie hatte zunächst keine schlimmen Ergebnisse. Die Dinge waren noch zu neu, die Edikte wider Luthers Anhänger noch nicht erlassen. Auch interessierte sich der Bürgerstand Dordrechts mächtig für die neuen Lehren der Augustiner. Es kam sogar bald zu einer Gegenbewegung. Floris Oem konnte sich in der Stadt nicht mehr halten, sondern mußte sie für eine Zeitlang meiden (Dezember 1518), und als der Dominikaner Vinzent Dircks sich in seinen Predigten offene Schmähreden wider die Augustiner erlaubte, wäre er von der erregten Menge beinah um's Leben gebracht. Trotzdem gelang es den Gegnern, im folgenden Jahre wieder die Oberhand zu gewinnen. Floris Oem wurde zurückberufen, und die unruhigen Mönche aus dem Kloster vertrieben oder flohen aus der Stadt. Heinrich selber fühlte sich von Stund' an nicht mehr wohl auf seinem Posten, sondern trachtete ihn zu verlassen.

Aus einem Briefe Luthers erhalten wir darüber weitere Kunde. Derselbe schreibt am 3. Oktober 1519 an Staupitz, er habe Briefe von zwei Prioren aus den Niederlanden, welche bitter klagten, daß durch ihren Vikar nichts geschehe, und sich darum auf diesem Wege an ihn (Staupitz) wendeten; sie wollten auch Brüder schicken, ja wohl selber kommen, was bisher indessen nicht geschehen sei.[15] Ohne Frage sind diese beiden Prioren keine andern, als unser Heinrich in Dordrecht und Jakob Probst, der Prior des neugegründeten Augustinerklosters zu Antwerpen.

Dieses Paar begegnet uns hier zum ersten Male; beide Augustiner werden wir noch oft in naher Verbindung, zuletzt in Bremen, antreffen. Dem Letzteren, Jakob Probst, giebt gerade in diesem Jahre (Mai 1519) der gelehrte Erasmus das Zeugnis, er sei zu Antwerpen der Einzige, welcher Christum predige. In der Folge zeigt derselbe innige Anhänglichkeit an die Reformation und steht im herzlichsten Freundschaftsbunde mit Luther. War er auch keine Feuerseele und kein Wegbereiter wie Heinrich, dieses „fette Flämchen" (wie Luther ihn einmal nennt),[19] sondern zu Zeiten sehr ängstlich und zaghaft, so bewährte er sich doch als ein treuer und gesegneter Arbeiter im Weinberge des Herrn. Aus den angeführten Worten Luthers ist ersichtlich, daß er schon damals dem gleichgesinnten Prior von Dordrecht näher stand. Beide erwarteten zuerst von ihrem Vikar geeignete Maßregeln im Sinne der Reformation. Sie durften das, denn dieser, Johann von Mecheln (auch Johann von Osbach genannt) war, wie sie beide, in Wittenberg gewesen und wurde als Professor der Theologie von den Neuerern günstig beurteilt. Aber sie warteten vergebens. Der Genannte rührte sich nicht, wohl von der Aengstlichkeit gehalten, die bald genug auch den Ordensoberen Staupitz zurücktreten ließ. Die beiden eifrigen Klostervorsteher aber wollten nicht nachgeben, sie wandten sich an Luther selbst und durch ihn an den Generalvikar, entschlossen zugleich, eine Anzahl von Brüdern zur Ausbildung nach Wittenberg zu schicken und womöglich selber zu kommen.

Das letztere sollte zuerst bei Heinrich in Erfüllung gehen. Er sah, wie in Dordrecht je länger je weniger auf ein Durchbringen der neuen Gedanken zu hoffen war. So legte er im Jahre 1520 seine Stelle als Prior nieder, wurde wieder einfacher Mönch und kehrte der Stadt den Rücken.[20] Sein Freund Probst schien zu Antwerpen einen günstigeren Boden gefunden zu haben. Er blieb an seinem Platze, und wenn er auch später (1521) für eine Zeit nach Wittenberg kam, um sich mit den reformatorischen Gedanken näher bekannt zu machen und seine Studien zu vollenden, so behielt er doch seine Priorenstellung und kehrte dorthin wieder zurück, um weiter für die Reform zu wirken, bis ihn dann freilich hernach (Dez. 1521) die Gefangenschaft ereilte. Man darf wohl (mit Anderen) annehmen, daß Heinrich ihn jetzt, da er Dordrecht verlassen, zu Antwerpen aufgesucht und mit ihm für kurze Zeit verkehrt habe, woraus sich dann seine spätere Bekanntschaft in dieser Stadt erklärt.[21]) Eine andere Nachricht indessen, nach welcher er in dieser Zeit einmal Prior in Gent gewesen und als solcher zu Köln der Uebergabe der päpstlichen Bannbulle durch die Legaten Aleander und Carraccioli an Kurfürst Friedrich von Sachsen beigewohnt, erweist sich bei näherem Zusehen als unbegründet.[22]) Heinrich schwebte als nächstes und großes Ziel der Aufenthalt in Wittenberg vor Augen, wo wir ihn denn auch noch in demselben Jahre (1520) finden. Hier hatte er seine Studien begonnen, hier wollte er nun, von einem höheren Gedankenstrom erfaßt, seine geistige Weihe empfangen. Der im Leben schon zu Ehrenstellen gelangte Mann, welcher die dreißiger Jahre bereits überschritten, wollte auf's neue zu lernen anfangen, um seinem Vaterlande und der Kirche in besserer Weise dienen zu können, als er es bisher vermocht.

2. Fortentwicklung zu Wittenberg.

Etwa im Sommer des Jahres 1520 mag Heinrich zum zweiten Male in Wittenberg angelangt sein.[1]) Hier bezog er wieder das Augustinerkloster und hatte Gelegenheit, den gewaltigen Vorkämpfer evangelischer Wahrheit alltäglich in nächster Nähe zu bewundern. Wie hatte sich in den letzten sechs Jahren hier alles verändert! Aeußerlich galten noch die Klostergebräuche und Ordensregeln in alter Strenge, aber innerlich war man über Vieles bereits hinaus und ging einer neuen Ordnung christlichen Lebens entgegen, zu welcher Bruder Martin in seinem eben erschienenen Büchlein von der „Freiheit eines Christenmenschen" den Weg gewiesen. Damals befand sich zu Wittenberg alles in mächtiger Aufregung, und vorzüglich drehten sich die Gedanken um die Bannbulle Leo's X. Feierlich war diese dem sächsischen Kurfürsten eingehändigt, und Eck hatte eine Abschrift von ihr an den Rektor und die Universität Wittenberg übersandt, mit der dringenden, im Namen des Papstes ausgesprochenen Bitte, nach ihr zu verfahren, d. h. keinen der darin verurteilten Sätze zuzulassen. Von der

Universität war nun freilich für Luther wenig zu fürchten, eher von dem zaghaften und alternden Kurfürsten, der es so ungern zu einem Bruche mit Rom kommen lassen wollte. Aber Luther riß Alles mit sich fort. Denn er sah in der Bulle nicht sich, sondern Christus und sein Evangelium verdammt. In mehreren Kundgebungen sprach er sich darüber aus und schritt dann am 10. Dezember dieses Jahres zu ihrer feierlichen Verbrennung, gleichwie man an mehreren Orten seine Schriften verbrannt hatte. Heinrich muß das mit erlebt haben, und welche Erregung haben diese Ereignisse wohl in seiner Seele hervorgerufen! Wäre ihm die prophetische Gabe verliehen gewesen, so hätte er freilich von diesem Scheiterhaufen auf einen andern blicken müssen. Denn nur vier Jahre später, an eben diesem 10. Dezember, sollte er selber im Feuertode seinen Glauben bekennen.

Aber alle die Ereignisse hinderten unsern Augustinermönch nicht, den Hauptzweck seines Wittenberger Aufenthaltes mit Ernst zu verfolgen. An der Universität wurde tüchtig gearbeitet. Trotz der aufregenden Kämpfe mit Rom hielt Luther seine Vorlesungen und Predigten, und seine Genossen waren nicht minder von frischem wissenschaftlichen Streben erfüllt. Galt es doch, die neuerkannten Wahrheiten biblisch, kirchengeschichtlich und dogmatisch klarzustellen. Allen voran ging darin mit Gründlichkeit und Klarheit der junge Philipp Melanchthon, welcher damals seine berühmten Vorlesungen über den Brief an die Römer hielt und bald hernach (1521) seine Loci communes, die erste protestantische Glaubenslehre, herausgab. Heinrich konnte hier viel lernen, und daß er trotz seiner wohl mehr als 30 Jahre sich mit jugendlichem Eifer daran machte, darüber sind uns treffliche Zeugnisse erhalten.

Zunächst hören wir von seiner Erlangung des ersten akademischen Grades. Am 12. Januar 1521 hat, so lautet die aufbewahrte Urkunde, der „pater Henricus Zutphaniensis" unter dem Winterdekanate des verehrungswürdigen Herrn Vaters Martin Luther, zur Erreichung des biblischen Baccalaureates disputiert und ist befördert worden.[2]) Dieser biblische Baccalaureat war der unterste theologische Rang an der Universität, den Luther bereits 1509 inne hatte. Wer ihn gewonnen, hatte das Recht, über biblische Bücher Vorlesungen zu halten, und mußte wenigstens ein Jahr, oder, falls er Ordensglied war, ein Semester dabei bleiben, ehe er weiter kam.[3]) Die bei dieser Gelegenheit von Heinrich verteidigten Sätze oder Thesen sind durch günstige Umstände erhalten geblieben und haben hernach auch in seinem eignen Leben noch einmal eine Wirkung gehabt. Es sind nämlich dieselben Sätze, die Heinrich drei Jahre später von Bremen aus an das feindliche Konzil des Erzbischofs sandte, welches ihn vor seine Schranken geladen. Wir besitzen sie in einem lateinischen und einem plattdeutschen Texte, die unabhängig von einander auf uns gekommen und auch in Einzelheiten verschieden sind. Der plattdeutsche Text entstand hernach in Bremen und wird unten erwähnt werden;. hier handelt es sich nur um den in lateinischer Sprache abgefaßten.[4]) Da wir in diesen Thesen Heinrichs erste schriftstellerische That vor uns haben, und diese keineswegs bedeutungslos ist, so wird eine kurze Betrachtung derselben hier am Orte sein.

Ihr Inhalt führt uns mitten in die damals mächtig pulsierenden theologischen Gedanken. Wie werde ich vor Gott gerecht? so lautet auch in ihnen die Hauptfrage, und die Antwort auch hier: nur durch den Glauben, welcher die im Evangelium dargereichte Wahrheit ergreift und sich dann (wie Luther so trefflich im 2. Teil von der „Freiheit eines Christenmenschen" darlegte) zur rechten christlichen Liebe gestaltet. Aber Heinrich hat diese Gedanken nicht einfach nach Luther und Melanchthon ausgeführt, sondern selbständig und eigenartig entwickelt. Seine Sätze zerfallen in 4 Teile: der erstere handelt von der „Natur" (natura) d. h. von des Menschen natürlichen Beschaffenheit, der zweite vom „Gesetz" (lex), der dritte stellt die Wirkungen von „Evangelium und Glauben" (evangelium et fides) dar, während der vierte (in 12 Thesen) von der „Liebe" (charitas) spricht. Der erste Teil giebt eine ernste, man kann sagen herbe, Schilderung von dem Elend des gefallenen Menschen in kurzen, knappen Sätzen. Der Mensch hat das lebendige Wort verlassen und ist damit „gestorben", nämlich des lebenbringenden Gottesgeistes beraubt. Zwar Aristoteles, heißt es, und die blinden Sentenzenlehrer, die ihm folgen, nennen solchen Zustand „Leben", aber sie ziehen uns damit nur tiefer in's Verderben hinein. Da hat nun Gott, so sagt der 2. Teil, dem Menschen für's erste das „Gesetz" gegeben, um ihm seinen Zustand zum Bewußtsein zu bringen und ein Heilsverlangen zu erwecken. Dieses Gesetz selber ist gut, aber seine Wirkung zunächst bei den Menschen nur übel und verschlimmernd, grade wie die Sonne den widerlichen Geruch aus einem Leich= nam erweckt. Gilt das vom göttlichen Gesetze, wie viel weniger können auch die besten menschlichen Gesetze Gutes bewirken. Zur wirklichen Rettung der Menschen, (so führt Teil 3 aus), hat Gott darum ein Anderes gethan, nämlich den „verheißenen Samen" erscheinen lassen, durch welchen alle Kreatur erneuert werden soll. Dieser war auf Erden dem Gesetze unterthan, zugleich aber ein Herr des Gesetzes, und in ihm ist alle Verheißung zur Erfüllung gekommen. Zur Heilserlangung durch ihn ist der Glaube nötig, aber nicht ein toter, wie ihn auch die Teufel haben können, sondern ein vom Geiste Christi gewirkter und darum lebendiger Glaube, in welchem man „so viel empfängt, als man glaubet." Eine anderweitige Heilserlangung, etwa durch unsre verdienstlichen Werke, ist nicht möglich. Bei dieser Verwerfung des eignen Ver= dienstes könnte scheinen (Teil 4), als ob der Trieb zum Guten in uns ertötet werde, allein das Bewußtsein der Gotteskindschaft ruft denselben vielmehr auf's stärkste zum Leben. Ein Glaube ohne Liebe ist darum bei einem rechten Christen undenkbar, aber ebenso undenkbar ist, daß solch ein Christ sich an der äußeren aristotelischen Rechtbeschaffenheit (Habitus) sollte genügen lassen können. Hierzu wird der glaubende Christ vom Geiste angeleitet und weitergeführt, während er vom Gesetze frei geworden ist.

Es ist klar, daß wir in diesen Gedanken die Hauptzüge der von Paulus wie von den Reformatoren ausgeführten Recht= fertigungslehre vor uns haben. Die strenge Grundlage, auf welcher sie hier ruht, die Verwerfung des Aristoteles, auf den die römischen Scholastiker sich stützten, und ihr oftmals so freu= diger Schwung (z. B. 3, 16: „Christi Gerechtigkeit ist die unsre, sein Triumph über Sünde, Tod und Hölle der unsre, und sein ganzes Reich das unsre") bezeugen den Schüler Luthers. Auf= fallen aber muß, daß Heinrich keineswegs den Glauben genau so auffaßt, wie wir das bei diesem gewohnt sind. Während Luther nämlich den Glauben wie die Hand darstellt, welche die von Gott

gebotene Gerechtigkeit erfaßt, aber an sich selber noch nichts be=
deutet, so bringt Heinrich denselben von vornherein in engsten
Zusammenhang mit den neuen Werken, und während Luther über
die Epistel des Jakobus wegen ihrer Stellung zum Glauben nicht
eben günstig urteilt, so führt Heinrich grade einige ihrer charakteristi=
schen Stellen mit Hervorhebung an. Es ist hier nicht der Ort,
auf diese feineren Unterschiede weiter einzugehen. Bekanntlich
haben sich später daraus dogmatische Differenzen und genauere
Begriffsbestimmungen in der evangelischen Kirche entwickelt. Uns
ist hier nur wichtig, die selbständige Haltung unsres Niederländers
zu konstatieren.[5])

Nach Erlangung dieser akademischen Würde finden wir den=
selben noch über ein Jahr in Wittenberg. Die weitere theologische
Ausbildung und die Verbindung mit den Männern der Reformation
konnten ihm als die beste Vorbildung für einen späteren Lebens=
beruf erscheinen. Und einstweilen gaben die großen Ereignisse
im Leben Luthers Stoff zu vielen Gedanken und Erwartungen.
Der Reichstag zu Worms hatte den Kaiser endlich bestimmt, den
Reformator persönlich vorzuladen. Dieser erhielt am 26. März
dieses Jahres (1521) seine Ladung nach Worms, und brach am
2. April von Wittenberg auf. Mit schwerer Sorge sahen ihn
die Freunde [und Ordensbrüder] von dannen ziehen. Aber daß
er nach wohl vollbrachter Verantwortung auf längere Zeit noch
den Seinen entzogen und auf der Wartburg fürsorglich festgehalten
werden sollte, konnte Niemand ahnen. Luther blieb beinahe ein
Jahr lang der Universität fern. Vom Mai an schrieb er aus
seinem „Patmos" wieder nach Wittenberg, und in einem der
ersten Briefe erwähnt er unter den zu Grüßenden auch unsern
„Henricus Zutphaniensis."[6])

In dem nun folgenden Sommer (1521) durfte Heinrich die
Freude erleben, seinen oben erwähnten Freund Jakob Probst,
den Antwerpener Prior, in Wittenberg zu sehen. Derselbe hatte
Zeit gefunden, seine vor zwei Jahren hier abgebrochenen Studien
fortzusetzen, ohne seine heimatliche Ordensstellung aufzugeben.[7])
Er war Heinrich etwas im Studium voraus, infolge dessen er
denn jetzt auch schon am 13. Mai das zweite Baccalaureus=
Examen bestand und am 12. Juli zur Licentiatenwürde gelangte.

Mit Luther war er persönlich befreundet, welcher auch ihn in seinen Briefen von der Wartburg grüßen ließ und selber an ihn schrieb. Nach Erlangung des erwähnten akademischen Grades ging Probst wieder in die Heimat zurück. Heinrich eiferte ihm nach. Aus der erwähnten Wittenberger Urkundensammlung erfahren wir nämlich, daß am 11. October 1521 „unter dem Sommer-bekanute des Professors Andreas Carlstadt der Bruder Heinrich von Zütphen nach dem Frühmahle, unter dem Präsidenten Feld-kirch pro sentenciis" disputiert hat und befördert werden ist.[8]) Auch diesmal hatte er Thesen aufzustellen und zu verteidigen, aber dieselben scheinen nicht mehr erhalten zu sein (obwohl wir sonst noch zweierlei Thesenreihen von seiner Hand besitzen). Heinrich war damit „Baccalaureus pro Sententiis" (auch Baccalaureus formatus oder Sententiarius genannt), d. h. er hatte nun, nach mittelalterlicher akademischer Ordnung, das Recht, über das Sentenzenbuch des Petrus Lombardus, das beliebte Lehrbuch der alten Scholastik, zu lesen. Gegenwärtig hatte diese Stufe in Witten-berg wohl nur noch eine formale Bedeutung, der Inhaber strebte rasch darüber hinaus. Auch Heinrich muß in einem der nächsten Monate die wirkliche Licentiatur und damit das volle Recht, Theologie zu lehren, gewonnen haben.[9]) Fehlt uns für die Zeit dieses Ereignisses auch der urkundliche Nachweis, so ist die That-sache sicher beglaubigt, und ohne allen Zweifel gehört es hierher, wenn (in einem datumslosen Aktenstücke) als Ueberschrift steht, daß „unter dem Herrn Johannes Dölsch, Doctor der Theologie, der Bruder Heinrich von Zütphen, Baccalaureus pro sentenciis, am 6. Tage in der ersten Stunde über die folgenden Conclusionen disputieren" werde.[10])

Die daran sich reihenden „Conclusionen" oder Thesen ver-dienen wiederum unsre Aufmerksamkeit in hohem Grade. Ihr Gegenstand ist Christi Hohepriestertum. Dasselbe aber wird nicht bloß biblisch und dogmatisch erörtert, sondern auch diesmal greift der Verfasser dabei in's volle Leben damaliger Zeitgedanken. „Unter dem Gesetze", so wird in ihnen behauptet, d. h. in der Zeit des Alten Bundes, habe es hohe und niedere Priester ge-geben, welche für das Volk Gaben und Opfer darbringen mußten, aber „unter dem Evangelium" gebe es gar keine niederen Priester mehr und nur einen einzigen Hohenpriester, Christus; dieser habe seinen Leib als Opfer dargebracht und mache dieses Opfer noch immer geltend, also daß es eines andern Opfers und Priesters in Ewigkeit nicht bedürfe. Weiter heißt es dann: wohl könne man in allgemeinerem Sinne jeden Christen einen Priester nennen, insofern er nämlich durch seine Leiden erfülle, was in seinem Fleische an dem Leiden Christi noch fehle (nach Col. 1, 24), aber irrig sei die Meinung, daß Christus sein Mahl als ein neues Opfer und dazu ein neues Priestertum eingesetzt habe. Dieses Mahl sei vielmehr weiter nichts als ein „Zeichen des Glaubens und der Liebe", nämlich damit wir durch dasselbe im Glauben befestigt und zu neuer Liebe entflammt würden; auch solle es von Seiten der ganzen Gemeinde verwaltet werden, insonderheit aber sei es den „Diakonen" aufzutragen, während die „Bischöfe" das Wort (die Predigt) zu besorgen hätten.

Man sieht, Heinrich faßt mit diesen Thesen der römischen Lehre von Priestertum und Meßopfer an die Wurzel. Obgleich wir im Neuen Bunde leben, sieht er darin das alttestamentliche Opferwesen und Priestertum wieder aufgerichtet und die Lehren der Apostel beseitigt. Er gründet sich dabei vor allem auf die Epistel an die Hebräer, welche ja mit so großem Nachdrucke das alleinige Opfer und Priestertum Christi betont und die alt= testamentliche Auffassung als einen überwundenen Standpunkt darlegt. Auch hierin steht unser Augustiner ganz auf der An= griffslinie der Reformatoren. Viele ähnliche Gedanken hatte Luther 1520 in seiner Schrift von der „Babylonischen Gefangen= schaft" ausgesprochen. Aber auch diesmal erscheint Heinrich in seinen Thesen eigenartig und selbständig. Vor allem darin, daß er das Abendmahl als ein „Zeichen des Glaubens und der Liebe" auffaßt und es den Diakonen, im Gegensatz zu den Bischöfen, zum Austeilen überträgt. Man könnte darin zwinglische Gedanken finden, aber bekanntlich traten solche dogmatische Diffe= renzen zwischen Wittenberg und Zürich erst einige Jahre später hervor. Eher ließe sich denken, daß der Professor Carlstadt, mit welchem Heinrich gewiß in vielfache Berührung kam, durch seine später bekannt gewordene und der zwinglischen verwandte Abend= mahlslehre auf unsern Theologen eingewirkt habe. Doch wir meinen, daß der etwa 33 jährige Mann wohl durch selbständiges Forschen auf diese Gedanken gekommen sein kann. Auch steht der Ausdruck, das Abendmahl sei ein Zeichen des Glaubens und der Liebe, wohl mehr als Gegensatz zur römischen Lehre vom Opfer da, denn daß er als feste Sakramentstheorie gefaßt werden dürfte. Aehnlich bewegte sich ja Luther anfänglich in allgemeineren Ausdrücken über die Sakramente, ehe er zu seiner schärferen Fassung gelangte. Ebenso wird man auf die Unterscheidung von Bischöfen und Diakonen nicht allzu großen Nachdruck legen dürfen. Heinrich stützte sich dabei wohl auf die von ihm eigenartig aufgefaßte Stelle Apostelgesch. 6, nach welcher die neuerwählten Diakonen zu Tische zu dienen (d. h. nach sonstiger Auffassung: den Armen Brot zu reichen, nach Heinrich: das Abendmahl zu spenden) hatten, während die Apostel predigen sollten. Auch hierbei galt's ihm vor allem, der römischen Praxis zu widersprechen, nach welcher die höheren Geistlichen sich um die Predigt des Evangeliums garnicht kümmerten, nicht aber einer Ausgestaltung in der neuen evangelischen Kirchengemeinschaft vorzugreifen. Endlich ist noch bemerkenswert, daß Heinrich hier auch von dem priesterlichen Thun und Leiden eines jeglichen Christen redet; es ist, als ob ihm dabei sein späteres Geschick vorschwebe.[16]) In der That mußte bei den damaligen Konstellationen in Kirche und Staat jeder ausgesprochen evangelische Christ sich auf Alles gefaßt machen. Wurde doch eben jetzt Jakob Probst, vor kurzem nach Antwerpen zurückgekehrt, daselbst von der Inquisition ereilt. Am 5. Dezember 1521 schleppte man ihn gefangen nach Brüssel, wo er nur durch einen schmählichen Widerruf dem sicheren Flammentode entging. Grade in Heinrichs Vaterlande sahen die Dinge trübe und niederschlagend aus. Wollte er je wieder dahin zurück, und das mußte doch seine Absicht sein, so hatte er sich auf das Schlimmste gefaßt zu machen. Wohl mochte er bei seinen Thesen daran denken.

Wie sehr aber auch sonst diese Thesen nicht abstrakte Studierstubenpflanzen waren, sondern mit den realen Verhältnissen des Lebens im Zusammenhang standen, muß uns ein Blick auf die damaligen Ereignisse zu Wittenberg zeigen. Bekanntlich nahmen hier während Luthers Abwesenheit die reformatorischen Bewegungen

eine gewaltsame und teilweise bedenkliche Wendung. Es fehlte
die beruhigende, klare und mächtige Persönlichkeit des Reformators.
Kleinere Geister hatten sich seiner Ideen bemächtigt und wurden
von ihnen zu allerlei Extravaganzen fortgerissen. Es begann mit
einer Agitation für die Priesterehe. Luther hatte diese bereits ge=
fordert. Der Probst Feldkirch zu Kemberg und andre vermählten
sich jetzt, und Professor Carlstadt, Archidiakonus an der Witten=
berger Stiftskirche, hielt dann eine Disputation wider die Ehe=
losigkeit der Mönche (19. Juni 1521). Luther sah sich dadurch
auf der Wartburg veranlaßt, über diesen Punkt in maßvoller und
evangelischer Weise seine Meinung kundzugeben (9. Sept.). Hier=
auf brach im Augustinerkloster selber eine weitere Bewegung aus,
man fühlte sich beengt durch die erzwungenen Gelübbe und die
falschen Gottesdienste und wollte die von Luther proklamierten
Grundsätze ins Praktische übersetzen. An der Spitze der Tumul=
tuanten stand der aufgeregte Klosterbruder Gabriel Didymus
(Zwilling), neben ihm vorzüglich die Brüder aus den Nieder=
landen. Den letzteren scheint Heinrich nicht angehört zu haben;
es stimmt das nicht zu seinem sonstigen Verhalten, welches bei
allem Eifer doch immer ein maßvolles blieb. Er folgte den
Neuerern nicht in ihrem Vorgehen. Denn anfangs November
traten 13 Mönche auf tumultuarische Weise aus und ins bürger=
liche Leben zurück. Ein Aehnliches geschah bald darauf zu Erfurt.
Aengstliche Gemüter konnten dabei bange werden. Luther sah es
ruhiger an. Er verfaßte damals eine lateinische Schrift über die
Gelübbe, welche die Lösung erzwungener Gelübbe billigte. Die
Schrift erschien aber erst im Februar im Druck. Bis dahin
hatten die Brüder, von seiner Zustimmung unterrichtet, bereits
Weiteres unternommen. Um Epiphanias 1522 hielt man einen
Ordenskonvent der meißnischen und thüringischen Augustinerklöster
zu Wittenberg. Staupitz war damals zurückgetreten, er begriff
die Bewegung nicht mehr und suchte in der alten Kirche Frieden.
Sein Nachfolger Wenzeslaus Link stand entschieden auf Luthers
Seite. So kam es, daß dieser Konvent ganz reformatorische Be=
schlüsse faßte: keinem Bruder sollte der Austritt verboten sein,
wer aber in den Klöstern bliebe, sollte sich mit Studieren, Unter=
richtgeben oder leiblicher Arbeit zur Hülfe Anderer beschäftigen.

Damit war das Mönchsleben an seiner Wurzel untergraben und mußte, wo die neue Lehre hindrang, früher oder später zusammenstürzen, zumal man in unruhiger Eile diese Beschlüsse an einzelnen Orten gewaltsam durchzusetzen suchte.

Aber noch weiter ging die Bewegung. Carlstadt und Didymus, die unruhigsten Treiber, richteten ihr Augenmerk auf den Kultus. Ruhig hatte man bis dahin die alte Abendmahlspraxis fortbestehen lassen, obwohl Luther längst den Laienkelch gefordert und die Privat- und Winkelmessen verworfen hatte. Jetzt stellte Carlstadt Thesen auf, welche aussprachen, daß wer den Kelch sich nicht reichen lasse, sündige, Zwilling aber eiferte gegen die Privatmessen und gegen die Opferlehre. Ende September teilte man sodann das Abendmahl in der Pfarrkirche unter beiderlei Gestalt aus. Luther billigte auch dies Vorgehen, während Kurfürst Friedrich, den man um Abschaffung der römischen Messe in seinen Landen anging, sich ablehnend dazu verhielt. Die Neuerer gerieten in immer heftigere Bewegung. Es kam vor, daß Bürger und Studenten die Priester beschimpften und drohende Reden ausstießen. Luthers vorübergehende Anwesenheit in Wittenberg (Anfang Dezember 1521) richtete dagegen ebenso wenig aus, als seine am 19. Januar 1522 erschienene Schrift: „Eine treue Vermahnung zu allen Christen, sich zu hüten vor Aufruhr und Empörung." Im Augustinerkloster begann man bereits, Heiligenbilder abzureißen und zu verbrennen, und in andern Kirchen wurde dem Beispiele gefolgt; Zwilling legte sein Meßgewand ab; Rat und Universität berieten über die Verwendung von Meßstiftungen und anderen kirchlichen Geldern; Beichte und Fasten wurden beanstandet, Kindern von 10 und 11 Jahren reichte man das heilige Mahl u. s. w. Um die Verwirrung voll zu machen, kamen ums Ende des Jahres (1521) die sog. Zwickauer Propheten, Nikolaus Storch, Markus Stübner und ein dritter, deren Lehren Carlstadt und Zwilling als schwache Anfänger erscheinen ließen. Denn dieselben rühmten sich unmittelbarer Offenbarungen, verwarfen die Kindertaufe, eiferten wider alles Kirchenwesen und wollten statt der Bibel nur vom „Geiste" wissen. Wiedertäuferische und sozialistische Grundsätze wurden laut. Niemand vermochte die aufgeregte Menge der Bürger und Studenten vor den be-

denklichsten Ausschreitungen zu bewahren. Die Sache der Refor=
mation schien an ihrem Hauptorte in ein zielloses revolutionäres
Treiben auszuarten und damit verloren zu sein. Denn schon
forderte das Reichsregiment den völlig ratlosen Kurfürsten auf,
mit Gewalt einzuschreiten (20. Januar 1522). Da erschien Luther
wieder von der Wartburg und ergriff mit fester Hand die Zügel
des durchgegangenen Renners. Am 6. März traf er in Witten=
berg ein, und nach acht Tagen war es ihm gelungen, durch seine
täglichen kräftigen Ansprachen die Ruhe wieder herzustellen und
der Störenfriede Herr zu werden. Die Elbstadt wurde damit
vor dem späteren Schicksale Münsters bewahrt, die Reformation
aber war gerettet und wieder in ihr richtiges Bette geleitet.

Es ist leicht ersichtlich, daß in dieser Gährungszeit die vor=
hin erwähnten Thesen Heinrichs vom Hohepriestertume Christi
wohl entstehen konnten und an manche vielerörterte Frage an=
knüpften. Noch viel tiefer aber darin gewurzelt erscheint eine
andere Thesenreihe, die auch seinen Namen trägt und um diese
Zeit entstanden ist. Wir meinen die sog. „Thesen wider die
Privatmesse" (Positiones contra missam privatam), eine lange
Reihe von 73 Sätzen.[12]) Dieselben drücken mit scharfer Be=
stimmtheit den damaligen Widerspruch aus. Es heißt in ihnen
u. A.: durch Einführung der Privatmesse sei der christliche Gottes=
dienst ruiniert, das äußerliche Wesen in den Vordergrund getreten
und das Wort verloren gegangen; auf diesem Grunde habe sich
das Papsttum breitgemacht und zahllose unchristliche Anordnungen
geschaffen; ferner: in der Privatmesse werde das Abendmahl für
die Gemeinde genommen, während es grade zur Herstellung der
Gemeinschaft der Gläubigen dienen sollte*); darum sei nötig,
gegen dieselbe aufzutreten, wie Jesus auftrat gegen den Misbrauch
an heiliger Stätte und Paulus gegen den heuchelnden Petrus;
vor allem müsse es als ein unerhörtes Verbrechen bezeichnet

---

*) Wir hören hier sogar den bedenklichen Satz: „Neque enim ut tu
communices Christo per fidem solum, quam ut tu per charitatem communices proximo, videtur haec communio instituta" („denn nicht, damit
du dich durch den Glauben allein mit Christo, sondern daß du dich durch
die Liebe mit deinem Nächsten vereinigst, scheint diese Communion eingesetzt
zu sein.")

werben, daß man die von Christus eingesetzte zwiefache Gestalt des Abendmahls angetastet habe u. s. w. Zum Schlusse heißt's dann aber in beachtenswerter Weise: „Wir bitten aber, um der Liebe Christi willen, daß hierzu das Votum („calculus“) Bruder Martins hinzukomme, ehe etwas für oder wider uns beschlossen werde.“

Daß diese Sätze wirklich von Bruder Heinrich stammen, beruht auf dem Zeugnis von Georg Spalatin, welcher dessen Namen darüber gesetzt hat. Freilich hat derselbe auch darüber geschrieben: „Der Augustiner zu Wittenberg Positiones von der Meß 1521.“ Darnach scheint es, daß Heinrich dieselben nicht aus eignem Antriebe und zu seinem Gebrauche, sondern im Auftrage seiner Klosterbrüder niedergeschrieben. Und das ist auch wohl denkbar. Allerdings hat man mit Recht bemerkt[13]), daß diese Sätze durchaus nicht so klar und in sich abgerundet seien, wie die anderen von ihm überlieferten Thesen, und daher eher den Geist eines Gabriel Didymus als eines Heinrich von Zütphen atmeten. Allein es handelte sich hier auch nicht um festgeprägte Thesen zur Erlangung eines akademischen Grades, sondern um eine Zusammenfassung der Meinungen der wittenberger Augustinermönche. Heinrichs Feder mochte dazu von besonderem Geschick sein. Auch finden wir bei allem Nachdruck der Behauptungen doch keine Extravaganzen in dem Ganzen, vielmehr klingt der am Schlusse laut werdende Wunsch, man möge erst auf Luthers Wort warten, wie ein Protest gegen die Ueberstürzungen der Tumultanten und ist dem Sinne Heinrichs völlig entsprechend. Es war denn auch wie eine Antwort hierauf, wenn Luther grade im November dieses Jahres (1521) eine Abhandlung über die Messe (in lateinischer und später auch in deutscher Sprache) veröffentlichte und den Augustinern zu Wittenberg widmete. Hierin erklärt sich der Reformator mit der Aenderung der bisherigen Praxis einverstanden, warnt aber vor allen Uebereilungen.[14])

Im Uebrigen aber beschäftigte sich Bruder Heinrich durchaus nicht bloß mit solchen aus der Zeitbewegung entstandenen Studien. Es liegen treffliche Zeugnisse über sein ernstes Studieren in den verschiedensten Fächern, sowie über musterhaftes Verhalten vor. So sagt Wenzeslaus Link von ihm hernach (1525) mit Bezug auf diese wittenberger Zeit: „Darinnen wir ihm ein gutes Zeugnis seines fleißigen Studierens und ehrbaren Lebens vor Gott und den Menschen geben mögen. Dieweil ihn nun der Gott aller Barmherzigkeit durch seine Gnade von der Finsternis der heidnischen Philosophie und Sophisterei (befreit), darin er nicht der geringsten, sondern der vornehmsten einer gewesen, also daß er die Subtilitäten der Logika und anderer Schulkünste als ein Magister fast wohl konnte und nach der hohen Schulen papistischer Larven der heiligen Schrift Lizentiat war" u. s. w.[15] Noch viel auszeichnender klingt was Melanchthon von ihm sagt. Dieser rühmt seine hohen geistigen Fähigkeiten, seinen Eifer, seine Liebe zu Christo, seinen exemplarischen Wandel; er bemerkt, daß Heinrich studiert habe was Griechenland über die „Natur" geschrieben und insbesondere, daß er sich mit der Astronomie beschäftigt. Das Schönste aber ist, daß Melanchthon eine herzliche Zuneigung zu dem ihm im Alter nahestehenden Augustiner gefaßt hatte.[16] Alles das giebt uns ein vorteilhaftes Bild von Heinrichs wittenberger Leben. Wir sehen, wie er hier trotz aller aufregenden und zerstreuenden Ereignisse mit Ernst seiner Hauptaufgabe nachging, und, wenn er auch an den lebhaft verhandelten Tagesfragen nicht wenig beteiligt war, doch sich von anderen Gegenständen dadurch nicht abziehen ließ, sondern mit hochstrebenden Geistern einen fördernden Verkehr unterhielt.

Im Sommer 1522 aber sollte dieser wittenberger Aufenthalt ein rasches Ende finden. Wir wissen nicht, welche Lebenspläne dem eifrigen Mönche vorgeschwebt. Daß er nach völliger Aneignung der evangelischen Wahrheit sich wieder seiner Heimat zuwenden und ihr seine Kräfte widmen wollte, darf man wohl annehmen, und eben jetzt, da seine Ausbildung einen gewissen Abschluß gewonnen, mochte er wieder nach ihr seine Blicke richten. Da kam denn auch plötzlich ein Ruf dorthin, zwar nicht von Außen, sondern von Innen. Zu Pfingsten 1522, so erzählt uns Link in dem eben angeführten Brief hielten die Augustiner ein „Kapitel" zu Grimma, bei welchem Heinrich den Vortrag hatte. Bei der Rückkehr nach Wittenberg traf ihn die Kunde, daß zu Antwerpen über die Augustinerbrüder und andere fromme Christen Verfolgungen ausgebrochen seien. Die Kunde regte ihn stark auf und schien ihm ein bestimmter Ruf zu sein.[17]) War Probst den Brüdern genommen, er fühlte nun Mut und Kraft genug, an seine Stelle zu treten. Lange genug war studiert, jetzt konnte gewirkt werden zum Heil für Andere, sollte es auch dabei in den Tod gehen.*)

So verließ er Wittenberg etwa im Anfang Juni 1522, um seinem Vaterlande als Reformator zu dienen. Er ahnte nicht, daß er nicht dorthin, sondern an einen ganz anderen Schauplatz berufen war.

---

3. Die Katastrophe zu Antwerpen.

In den Niederlanden sah es damals in der That bedenklich mit dem Evangelium aus. So sehr das Volk in seinem freiheits= empfänglichen Sinne der neuen Lehre geneigt war und ihre Ver= kündiger mit Freuden aufnahm, so wenig war die Regierung gesonnen, diese im Lande zu dulden. Das Wormser Edikt vom 8. Mai 1521, im Reiche von geringer Wirkung, konnte hier zur Durchführung gelangen und wurde durch neue Edikte verschärft. In Brüssel wurde ein Inquisitionstribunal errichtet, an dessen Spitze der Ratsherr von der Hulst und der Carmelitermönch Nikolaus von Egmond standen, und von da aus eine strenge Verfolgung über das ganze Land organisiert. Für den abwesen= den Fürsten, den Kaiser Karl V., führte damals das Regiment als Statthalterin dessen Tante Margarete, die Witwe des Herzogs Philibert von Savoyen. Ihre Regierung wird im Ganzen als trefflich gerühmt, doch besaß sie kein Verständnis für die tieferen Bedürfnisse des Volkes und stand außerdem im Rufe großer Habsucht. Unter ihr wurden alle evangelischen Regungen mit Ernst bekämpft. Vor allem sah sich eben jetzt die blühende

---

*) Link schreibt: „Dann als er nach dem capitel, so wir zu Grimm im 1522. Jare in Pfingsten hielten, da er auch die Disputacion hielt, gen Wittenberg kam, und alsa erfur, wie die Augustiner Brüder zu Handtwerp vil verfolgunge dulbeten beß evangelii halben mitsampt andern frommen christen ꝛc., da hatte sein geist nit ruwe, machet sich auff und zog hinab, die betrübten verlassenen christen zu trösten."

Handelsstadt Antwerpen davon betroffen. Am 13. Juli 1521 verbrannte man hier öffentlich Luthers Schriften und ließ den Rektor Nikolaus von Hertogenbusch als Lutheraner gefangen nach Brüssel schleppen, um damit die vom Evangelium angeregte Bevölkerung zu schrecken. Der Augustinerprior Jakob Probst befand sich grade zu der Zeit in Wittenberg (s. oben). Als er hernach zurückkehrte, traf ihn, wie bereits erwähnt, am 5. Dezember dasselbe Geschick. Er leistete zwar im Schrecken vor dem Scheiterhaufen am 9. Februar 1522 den geforderten Widerruf, fiel dann aber bald voll bitterer Reue wieder ab und entzog sich der fürchterlichen Rache nur durch eine Flucht aus dem Lande. Nun schritt man in Antwerpen zu einer neuen Verbrennung von Luthers Schriften (Frühjahr 1522), auch wurde der Stadtsekretär Cornelius Graphäus wegen seiner Uebersetzung eines Buches des Vorreformators Johann von Goch eingekerkert und zum Verlust von Gütern, Amt und Freiheit verurteilt. Trotzdem hören wir von einer immer stärkeren Verbreitung der Lehren Luthers in dieser Stadt wie im ganzen Lande, was dann freilich auch die grausamen Maßregeln der Gegner verstärkte. Das Antwerpener Augustinerkloster galt bald als der Hauptansteckungsheerd. Im Juni 1522 ward eine Glaubensuntersuchung für dasselbe angeordnet. Man schleppte die Mönche nach Vilvoorden und ließ sie dann in der Liebfrauenkirche zu Antwerpen sich von ihrer Ketzerei reinigen. Drei von ihnen verweigerten das. Es waren Hendrik Voes, Johann von Essen und Lambert von Thorn. Sie wurden nach Brüssel übergeführt, wo die beiden Ersteren ein Jahr später ihren Glauben im Flammentode bekannten (Juli 1523) und dafür von Luther in einem begeisterten Liede gefeiert wurden. Des Dritten Ausgang entzieht sich der Kunde, er scheint heimlich beseitigt zu sein.

In dieser traurigen Zeit des Sommers 1522 kam Bruder Heinrich nach den Niederlanden. Es wird nicht berichtet, ob er zuerst sein vor zwei Jahren verlassenes Kloster zu Dordrecht aufgesucht habe, aber es mag immerhin sein, daß er hier die Bekannten gegrüßt und nach dem Stande der evangelischen Sache sich umgesehen. Viel wichtiger indessen erschien ihm jetzt Antwerpen, wo sein Freund Probst beseitigt und alles Evangelische unterdrückt war und wo doch, das wußte er genau, ungezählte Herzen

dem Glauben anhingen und nur auf eine befreiende That, auf
einen unerschrockenen Führer warteten. Hier konnte, so Gott
Gnade gab, etwas angefangen werden, das dem ganzen Vaterlande zum Segen wurde. So kam er nach Antwerpen und begab
sich in das Augustinerkloster. In diesem mag tiefe Niederge-
schlagenheit geherrscht haben. Der wittenberger Bruder konnte
den Zurückgebliebenen als eine neue Gefahr erscheinen, aber mit
Freuden werden sie doch den Freund ihres Priors und den
Schüler Luthers begrüßt haben. Heinrich scheint hier zunächst
in der Stille des Klosters gewirkt zu haben. Galt es doch vor
allem, den Glaubensmut der Augustinerbrüder wieder zu beleben.
Den Anstoß zum öffentlichen Auftreten gab dann ein Ablaßprediger, welcher in dieser Zeit für den Papst und für dessen
Geschäftsführer, gewandte italienische Kaufleute, das reiche Antwerpen auszubeuten suchte.¹) Hiergegen regte sich der gesunde
Sinn der Bevölkerung, und die Augustiner verhalfen ihm zum
Ausdruck. In ihrem Kloster konnte man donnernde Predigten
gegen den Ablaßhandel und die damit zusammenhängenden Irr-
lehren vernehmen. Bald hatten sie großen Zulauf. An ihrer
Spitze stand Bruder Heinrich, durch seine Kühnheit und geistige
Bedeutung bald der erklärte Liebling der Bevölkerung. So kam
die eben unterdrückte Sache des Evangeliums zu neuem Aufschwung, und kühne Geister mochten auf einen Sieg hoffen. Der
städtische Magistrat, welchem die Ablaßkrämerei und die Spekulation
der italienischen Händler zuwider gewesen sein mögen, schritt
nicht dagegen ein, sondern begnügte sich damit, die Sache der
Regentin anzuzeigen und zu überlassen.

Margarete aber ging sofort darauf ein. Sie kam selber mit
großem Gefolge und Truppen nach Antwerpen und ließ sich alles
vortragen. Darauf erklärte sie sich bereit, den Wünschen der Bevölkerung entgegenzukommen und von jeder Bestrafung abzusehen,
falls man ihr eine bedeutende Geldsumme einzahle. Die Bürger
aber fanden es unerhört, bei dieser Gelegenheit ihrer Habsucht
dienen zu sollen, und schlugen es ab; sie mochten hoffen, auch
ohne das zum Ziele zu kommen.²) Aber sie hatten sich getäuscht.
Margarete versuchte, durch Drohungen und gute Worte auf die
Bevölkerung einzuwirken und sie vor allem von den Augustinern

abzuziehen.*) Manche ließen sich auch einschüchtern. Ja es fanden sich Leute, welche geradezu die Mönche und namentlich den neugekommenen Bruder Heinrich verklagten; es hieß, man habe kezerische Worte aus seinem Munde vernommen, und böse Anschuldigungen wurden gegen ihn laut. Als die Haupttreiber zeigten sich dabei die Dominikaner. Als man dann glaubte, die Augustinerbrüder mehr und mehr isoliert zu haben, wurde ein Angriff auf ihr Kloster unternommen. Bewaffnete drangen hinein um Bruder Heinrich zu greifen.³) Man fand ihn und brachte ihn zuerst in das fürstliche Münzhaus, wo er gefesselt wurde, dann, um ihn mehr vor dem Volke zu verbergen, in die alte Michaelisabtei. Hier sollte er für den Tag bewahrt bleiben (es war, wie er selbst berichtet, am 29. September) um dann in der Nacht nach Brüssel geschleppt zu werden, wo ihn, wie vor Jahresfrist seinen Freund Probst, das Dilemma des Widerrufs oder des Feuertodes erwartete. Heinrich war in den Händen seine Feinde, und sein Schicksal schien entschieden. Er mochte längst darauf gefaßt gewesen sein.

Aber es kam anders. Die Kunde von des Bruders Ge= fangennahme ging wie ein Lauffeuer durch die Stadt und ent= flammte wieder die furchtsam gewordenen Gemüter. Man war empört über die That, und die Aussicht, daß auch dieser Mann wie die andern durch die rohe Gewalt beseitigt werden sollte, rief bei vielen energische Entschlüsse hervor. Namentlich eifrig zeigten sich dabei die Frauen; ihnen sollte Heinrich diesmal seine Rettung verdanken. Am Abend dieses Tages rotteten sich einige tausende vom weiblichen Geschlechte, unterstützt von vielen Männern, zusammen, bewaffneten sich, zogen nach dem Michaeliskloster, er= brachen es mit Gewalt und befreiten den Gefangenen. Ihre große Zahl und die Ueberraschung ließen jeden Widerstand ver= geblich sein. So kam Heinrich wieder zu seinen Augustinerbrüdern. Aber an ein neues Wirken von seiner Seite war doch nicht zu denken. Die Bevölkerung konnte sich wohl einmal für ihn erheben, aber sie vermochte ihn nicht auf die Dauer vor der bewaffneten

---

*) Heinrich erzählt sogar, sie habe die Bevölkerung aufzuregen und zu erbittern gesucht, um dann mit gewaffneter Hand einschreiten und so doch noch durch Bestrafung zu dem von ihr geforderten Gelde kommen zu können.

Macht der Statthalterin zu verteidigen. So blieb Heinrich für's
erste nur als Versteckter in seinem Kloster, in der Hoffnung wohl,
daß irgend eine Wendung zu seinen Gunsten eintrete. Aber dazu
kam es nicht. Nachdem er sich drei Tage verborgen gehalten, und
zwar, wie es scheint, zu größerer Sicherheit an verschiedenen
Stellen[1]), mußte man ihm zur Flucht raten. Denn die Feinde
spürten ihm nach, das Augustinerkloster wurde an allen Ecken
durchsucht und die Brüder unter heftigen Drohungen aufgefordert,
ihn herauszugeben. Sein Leben stand in neuer Gefahr, und so
schwer es ihm ward, er mußte sich zum Fortgehen entschließen.
Von einzelnen bekam er Briefe mit an verschiedene christliche
Freunde im Lande, welche ihm gute Aufnahme bereiten und
anderswo zu einem besseren Wirkungsplatz verhelfen sollten. Aber
zu Letzterem war ihm die Freudigkeit vergangen. „Ich beschloß
durch Holland und Westfalen die Brüder begrüßend nach Wittenberg zu gehen", erzählt er selbst. Die Zeit für sein Heimatland
schien noch nicht gekommen, er wollte wieder nach Wittenberg
zurück.

Indessen wollte er sich Zeit lassen und, wie eben vernommen,
nicht direkt nach Sachsen fliehen. So hören wir denn, daß er
zuerst nach Enkhusen gekommen. In dieser sehr weit nördlich,
am Zuider-See gelegenen Stadt befand sich ja ebenfalls ein
Augustinerkloster sächsischer Congregation, wo unser Flüchtling
für den Augenblick gute Aufnahme und Erholung fand. Bald
aber mußte er erfahren, wie gefährlich es um ihn stand. Sein
Aufenthalt war verraten. Kaum hatte er Enkhusen verlassen,
als schon Briefe der Regentin dort anlangten an den Stadtrat
und den Klosterprior mit dem Befehl, ihn gebunden nach Amsterdam zu senden. Und eben damals befand er sich grade in
Amsterdam, als ihn diese Kunde ereilte. „Gelobt sei der Herr
(ruft er aus in dem Briefe, der genau über diese Reise berichtet),
der mich nicht in die Hände der Gottlosen fallen ließ!" Schnell
zieht er weiter, die Reise muß beschleunigt werden. Es ist nicht
möglich, noch die anderen befreundeten Klöster zu besuchen, da
man ihm am meisten nachstellt. So geht es westwärts, der
Landesgrenze zu. Noch einmal kommt er in Gefahr. In Zütphen,
seiner Vaterstadt, wird er erkannt und angehalten. Die Franziskaner

übernehmen seine Anklage beim Stadtrat als „Verbreiter der neuen und schon verurteilten Lehre." Glücklicherweise aber ist noch kein Befehl der Regentin da. So wird Heinrich nur einem genauen Verhör unterworfen, wer er sei, woher er komme und wohin er gehe. Er antwortet der Wahrheit gemäß. Auf die weitere Frage, ob er hier zu predigen beabsichtige, kann er ebenso wahrheitsgemäß erklären, daß er dazu keinen Auftrag habe, aber gern bereit sei, es, falls sie es wünschten, zu thun. Hieran dachte der Stadtrat nun freilich nicht, da er sich alle Mühe geben mußte, nicht gegen die strengen Edikte zu verstoßen. Daher wird dem Augustinerbruder streng anbefohlen, zu Niemandem in der Stadt von seiner Lehre zu sagen. Das beabsichtigte er auch nicht. Er dachte hierin anders als später der Reformator Wilhelm Farel, welcher in die Orte drang und trotz aller Verbote die neue Lehre verkündigte. Ihm schien es nötig, daß irgend ein „Beruf" vorliege, und zwar auch von Seiten der Menschen. Ohne einen solchen wollte er nicht auftreten; wo er aber kam, da scheute er keine damit verbundene Gefahr. „Ohne Ruf oder Bitte werde ich nicht predigen", mit dieser Erklärung verließ er seine Vaterstadt[5]) und bald danach auch sein Vaterland, um in Wittenberg nach irgend einem neuen Rufe auszuschauen.

Ehe wir ihn aber weiter begleiten, kehren wir noch einmal nach Antwerpen zurück. Hier stand's jetzt traurig genug. Seit dem letzten Durchbruch freiheitlicher Regung zu Gunsten des gefangenen Augustiners war es ganz still geworden. Niemand wagte noch, gegen die Maßregeln der Regentin etwas zu thun. Und diese ging in der Bestrafung der Schuldigen rücksichtslos voran. Gleich nach jener Nacht fand eine strenge Untersuchung statt, die Führerinnen unter den Frauen, welchen Heinrich seine Befreiung verdankte, mußten in's Gefängnis, und eine Anzahl von Männern wurde anderweitig bestraft. Als dann der entkommene Mönch nicht zu finden war und die Gewißheit seiner Flucht vorlag, ging's über das Augustinerkloster her. Die Priester und andere Mönche vereinigten sich zu einer Vorstellung bei der Regentin, diesen Convent, aus welchem nun bereits mehrfach Ketzerei und Aufruhr entstanden und mit welchem es in Zukunft nicht anders stehen werde, ganz aufzuheben. Bereitwillig ging

Margarete darauf ein. Der Untergang des Klosters war be=
schlossen, und am 17. Oktober ward er ausgeführt. Auf's Neue
wurden die Brüder gefangen nach Vilvoorden geschickt. Hier
reinigten sich einige von ihnen sofort vom Verdacht der Ketzerei,
indem sie dem Verlangen gemäß abschworen. Man entließ sie,
und sie gingen nach Dordrecht in's dortige Kloster. Andre blieben
standhaft und verlangten zu wissen, was sie verbrochen. Man
hielt es für gut, nicht zu streng mit diesen zu verfahren; nur
einige, die aus Antwerpen stammten, wurden dorthin zurückgebracht
und im Hause der Begharden detiniert, die andern ließ man ent=
wischen. Aus dem Klostergebäude wurde zuerst das Sakrament
entfernt und in feierlichem Pompe nach der Liebfrauenkirche ge=
bracht, wo die Statthalterin unter großer Begleitung dasselbe
empfing. Dann wurden die kirchlichen Geräte verkauft, das
Kloster verschlossen und hernach abgebrochen. Manches mag da=
bei für den Fiskus und die Regentin abgefallen sein.") So ging
dies Augustinerkloster zu Grunde. Nur neun Jahre hatte es be=
standen, aber in dieser kurzen Zeit war es von größerer Wichtig=
keit geworden als manche Mönchsabtei in Jahrhunderte langer
Dauer. War auch von ihm nicht, wie Probst und Heinrich wohl
gehofft, eine Reformation über die Stadt und das weitere Land
ausgegangen, so hatte es doch kräftige Anregung gegeben zu späteren
erfolgreicheren Dingen.

Uebrigens erlebte die Statthalterin nicht große Freude über
ihren Erfolg. Ihre hierbei so deutlich bewiesene Habsucht und Härte
erbitterte die an straffe spanische Zucht wenig gewohnten Unter=
thanen. Es ging beim Kaiser, ihrem Neffen, von Seiten der
Stände von Holland und Brabant eine Klage wider sie ein,
über welche sie sich verantworten mußte. Dadurch wurde ihr
Zorn gegen Bruder Heinrich noch größer; sie sandte ihm auch
nach Deutschland Steckbriefe nach, wie wir hernach vernehmen
werden. Aber er war glücklich ihren Händen entronnen und
sollte vor ihren Nachstellungen bewahrt bleiben.

4. Reformatorische Wirksamkeit in Bremen.

Einer alten Tradition zufolge haben die Bremer sich selber ihren Reformator Heinrich aus Antwerpen geholt.[1]) Bremische Schriftsteller des 17. Jahrhunderts nämlich erzählen, bei jener Katastrophe zu Antwerpen seien mehrere Bürger ihrer Stadt zufällig zur Stelle gewesen, hätten sich an der Befreiung des Mönches beteiligt, ihn dann statt der Augustinerkutte in Kaufmannskleider gesteckt und heimlich (wohl zu Schiff) nach Bremen geschickt. Bei den Handelsbeziehungen zwischen beiden Städten wäre das denkbar, aber daß es nicht so gekommen ist, wissen wir gewiß. Im Gegenteil, es hat hernach sowohl Heinrich wie den Bremern sehr am Herzen gelegen, den Feinden gegenüber die völlige Absichtslosigkeit bei seinem Kommen nach der Weserstadt hervorzuheben. In den beiden Briefen, die wir von ihm besitzen, betont er's, daß er nach Bremen gekommen, „nichts weniger als in der Meinung dahin berufen zu sein",[2]) und die Bremer erklären später den erzbischöflichen Abgesandten zu Protokoll: „Bruder Heinrich wäre von dem ehrbaren Rate nicht gerufen. Er wäre willens gewesen, aus den Niederlanden nach Wittenberg ins Studium zu reisen. So wäre er von den Bürgern gebeten worden, etliche Sermone allhier zu thun."[3]) Auch die angelegten Kaufmannskleider erweisen sich als Legende; Heinrich ist (der alten Bremer Chronik zufolge) „in syner Kappen", also in seiner Augustinerkutte nach seinem neuen Bestimmungsorte gekommen.

Auffallend aber ist es immerhin, daß derselbe überhaupt nach dieser so nördlich gelegenen deutschen Stadt gelangte. Wollte er (wie er selbst und die anderen Zeugnisse sagen) von seiner Heimat aus nur nach Wittenberg, und war seine letzte Station dort die Vaterstadt Zütphen, so war die Reise über Bremen ein bedeutender Umweg. Zur Erklärung mag uns dienen, daß der Flüchtling nicht Ursache hatte sich zu beeilen, wohl aber auf seiner Hut zu sein. Schon in den Niederlanden zog er anfangs hin und her, bis ihn die Nachstellungen der Statthalterin zu größerer Eile trieben. Dann war's ja seine Absicht, wie wir vernahmen, die Brüder nicht bloß dort, sondern auch „in Westfalen" zu besuchen. So wird er in Deutschland vor allem nach Osnabrück gegangen sein, wo sich ein befreundetes Augustinerkloster befand; hierher ist nämlich ein Brief von ihm aus Bremen (vom 13. Dez. d. J.) gerichtet, und zwar an den Bruder Gerhard Hecker daselbst, dem er von allen Erlebnissen genauen Bericht giebt.⁴) Danach ist anzunehmen, daß er sich eine Zeitlang in Osnabrück aufgehalten. Die Weiterreise nach Wittenberg ging in östlicher Richtung. Warum Heinrich sich trotzdem nördlich wandte und nach Bremen kam, ist wieder nicht recht ersichtlich, da in Bremen kein Kloster seines Ordens zu finden war. Ob ihn auch hierbei die Furcht vor den Verfolgungen der kaiserlichen Tante leitete, die ihn einen Umweg machen ließ, ob ihm die von Antwerpen und von Wittenberg her bekannten Namen in jener Stadt (wir werden davon hören) zur Anziehungskraft wurden, oder was es gewesen: genug, der Augustinermönch entschloß sich, vorerst der weiter abgelegenen Handelsstadt einen Besuch abzustatten, ehe er zum dritten Male nach Wittenberg kam, wo ihn doch Niemand erwartete und wo er nur als ein Geschlagener mit Beschämung einziehen konnte.

Dieser Entschluß ist für ihn wie für Bremen von entscheidendster Bedeutung geworden. Stand es doch in dieser Stadt so, daß für eine Reform der kirchlichen Verhältnisse viele Gemüter empfänglich waren und es, wie an so vielen Orten, nur einer geeigneten Persönlichkeit bedurfte, um dieselbe herbeizuführen. Eine eingehende Schilderung der damaligen Verhältnisse Bremens würde hier zu weit führen; vieles davon wird uns die weitere Erzählung klar machen. Aber einige Striche gehören hierher. Die Stadt Bremen gehörte damals noch nicht zur Kurie der Reichsstädte, sondern war kirchlich wie politisch Hauptstadt des Erzbistumes oder Stiftes Bremen. Aber als Handelsstadt und Mitglied des Hansebundes hatte sie längst eine selbständige Stellung errungen, und die erzbischöfliche Macht war durch eine große Reihe von Stadtrechten eingeengt, welche man sich bei jeder neuen Wahl eines Landesherrn in den sog. Wahlkapitulationen bestätigen und, wenn's anging, erweitern ließ. Ueberhaupt war die Macht des geistlichen Herrn im Erzbistum keine absolute, indem die verschiedenen Stände, Domkapitel, Prälaten, Ritterschaft und Städte (letztere

waren außer Bremen noch Stade und Buxtehube) ihre Sonder-
rechte kräftig geltend machten und die Regierung mitführten. Es
war ein Bild des deutschen Reiches im Kleinen. Die sog. „Land-
tage", welche der Landesherr mit seinen Ständen in dem kleinen,
mitten zwischen Weser und Elbe im Erzbistum gelegenen Orte Basdahl abhielt, um die gemeinsamen Angelegenheiten zu beraten, glichen
in ihrer Schwerfälligkeit und bei den egoistischen Bestrebungen
der Einzelnen nur allzusehr den vom Kaiser gehaltenen Reichs-
tagen. Leichter hatte es der Erzbischof bisher in kirchlichen Dingen
gehabt. Ein prinzipieller Widerspruch war nicht hervorgetreten,
die religiöse Einmütigkeit bewahrt, nur die kirchlichen Rechte gaben
zu Erörterungen zwischen Bischof und Domprobst, zwischen Kloster-
äbten und Pfarrern Veranlassung. Erst jetzt sollte eine wirklich
kirchlich-religiöse Frage in den Vordergrund treten und zu völlig
neuer Parteistellung führen.

Ein Verlangen nach etwas Neuem und Besserem an Stelle
des in Formelwesen erdrückten Christentumes mag sich in Bremen
vielfach geregt haben, vor allem seit der Kunde von dem siegreichen Durchbruch der Reformation im Herzen Deutschlands.
Zwar hatte 1503 die große Ablaßverkündigung des Kardinals
Raimund, wie es scheint, unter Teilnahme der ganzen Bevölkerung
stattgefunden und der Stadt viel Geld gekostet. Aber eine weitere
derartige Ausbeutung wäre dem praktischen Sinne der Bürger
schwerlich willkommen gewesen. Zudem geschah von Seiten des
Klerus alles, um sich verhaßt zu machen. Wo waren die treuen
und opferfreudigen Geistlichen zur Zeit des Ansgar und Rem-
bertus geblieben? Wo auch nur die weitblickenden und ideen-
reichen aus den Tagen der Erzbischöfe Gerhard II. und Gieselbert
im 13. Jahrhundert? Ein heruntergekommenes, unwissendes und
selbstsüchtiges Geschlecht verwaltete die Heiligtümer Christi und suchte
sich mit ihrer Hilfe ein möglichst angenehmes Leben zu bereiten.
Vor allem überbot der gegenwärtige Erzbischof an Roheit, Streit-
sucht und unsittlichem Lebenswandel alle seine Vorgänger. Es
war Christoph von Braunschweig, 1509 erwählt, aus altem, gutem
Stamme, aber wenig auf der Höhe eines edlen Fürstengeschlechtes
beharrend. Sein Bruder war jener Herzog Heinrich von Braun-
schweig-Wolfenbüttel, der in der Reformationsgeschichte als „Heinz

von Wolfenbüttel" sich eine traurige Berühmtheit erworben hat.
Ihm glich der Erzbischof in vielen Punkten. Sein ganzes Regiment bestand in Kriegführung gegen seine Nachbarn, Streitig-
keiten mit den Ständen seines Stiftes und dem eigenen Klerus,
in rohen, unsittlichen Handlungen und in einem grausamen, aber
erfolglosen Ringen gegen die Reformation. Wie mußte sich der
wohlgesinnte Bürger von einem solchen Kirchenoberen und den
ihm mehr oder minder gleichenden übrigen Geistlichen abgestoßen
fühlen und nach Reform verlangen! Es ist in der Hinsicht interessant, zu sehen wie früh man sich von Bremen aus nach
Wittenberg wandte. Seit 1508, dem Jahre, da sowohl Luther
wie Heinrich von Zütphen an dieser neuen Universität erschienen,
führt uns das Wittenberger Universitätsalbum auch Namen von
Bremer Studierenden vor Augen, deren Inhaber den angesehensten
Familien ihrer Stadt angehörten. Die Namen Trupe, Esich,
Hoyer sind davon für uns die wichtigsten, weil sie in der Geschichte Heinrichs noch vorkommen. Nach Einführung der Reformation war dieser Zuzug dorthin natürlich weit stärker, aber
es ist interessant genug, daß auch vorher schon eine Reihe von
Bürgern dort gewesen war. Diese werden dazu beigetragen
haben, daß man von Luthers Thaten und allen reformatorischen
Fragen in Bremen genau Bescheid wußte, und daß der Boden
für Heinrichs Wirken bereit war.

Als dieser also zu Anfang November[5]) durch das alte
Brückenthor in die Stadt kam und, weil kein Augustinerkloster
hier war, die anderen Klöster ihm aber feindlich gesinnt sein
mochten, in der Herberge „zum Strauße", bei dem Besitzer Martin
Hemelingh am Marktplatze sich einquartierte, da war auch bald
die Sache eingeleitet. Ohne Zweifel hat er die ihm bekannten
Bürger aufgesucht und ihnen von seinen Erlebnissen erzählt. Diese
berichteten anderen davon, und rasch entstand in einem Kreise
von Männern der Wunsch, den fremden Mönch hier einmal
predigen zu lassen und vielleicht gar an Bremen zu fesseln. Der
Wunsch ward ihm alsbald vorgetragen, und von Heinrich keineswegs abgewiesen.[6]) Als Ort dieser Predigt hatte man eine Kapelle
der St. Ansgarii-Kirche ins Auge gefaßt, teils weil jene Männer
mehr oder minder alle diesem Kirchspiele angehörten, teils weil

3*

hier am wenigsten Hinderung von seiten der Geistlichkeit gefürchtet
zu werden brauchte; hatte doch über die Ansgarii-Kirche, die
selber eine sogenannte Kapitelskirche bildete, der Dompropst keine
Macht, und konnten doch die Kirchspielsglieder altem Herkommen
gemäß einen durchreisenden Redner zu hören wünschen.[7]) Die
Namen der Männer, welche Heinrich dazu veranlaßten, hatten
einen guten Klang; es gehörten zu ihnen der Ratsherr Hinrich
Esich, der Aeltermann Eberhard Speckhan, ein Schwiegersohn
des Bürgermeisters Meimar von Borcken, dazu noch andre
Vertreter des Handelsstandes.[8]) Unter diesen waren jener Ratsherr Esich und Arend Wittelohe zugleich „Bauherren“ an jener
Kirche. Heinrich konnte unbedenklich auf ihre Forderung eingehen.
Dennoch begehrte er die Erlaubnis, zwar nicht des Ansgarii-
Kapitels, die ihm zweifelsohne nicht gewährt worden wäre,
sondern des Stadtrates, um sicher zu gehen; diese ward ihm auch
alsbald zu teil. Am Sonntag vor Martini, den 9. November
1522, durfte die Predigt gehalten werden.

Die erwähnte Kapelle, an der Südseite jener Kirche gelegen,
ist nicht grade groß zu nennen. Dennoch bot sie Raum genug,
nicht bloß für den erwähnten Kreis von Freunden, sondern auch
für viele andere, die herzukamen, den vielgeprüften „Bruder“,
von dem man ihnen so mancherlei erzählt, zu sehen und zu hören.
Nach einer späteren Schilderung war ein so großer Zulauf, „daß
die Leute mit Leitern an das Dach der Kirchen gestiegen sein.“[9])
Der Eindruck der Predigt war ein allgemein günstiger. Große
Begeisterung für den Bruder regte sich, man hegte nur den einen
Wunsch, ihn behalten zu können. Heinrich war dazu bereit, begehrte aber noch die Erlaubnis seines Ordensoberen und wandte
sich daher durch ein Schreiben nach Wittenberg an Luther, ihm
dieselbe bei Wenzelaus Link zu erwirken. Luther konnte denselben nicht so schnell erreichen und, da ihn Link während seiner
Abwesenheit mit den nötigen Ordenssachen zu betrauen pflegte,
erteilte er vorläufig im Namen des Oberen die erbetene Erlaubnis
unter dem Siegel des Wittenberger Priors, wie er hernach an
Link meldet.[10]) Ihm war sofort die Wichtigkeit der Sache klar,
und so wünschte er nicht den geringsten Verzug zu bereiten.
Trotz dieser Beschleunigung glaubte aber Heinrich, nicht so lange

warten zu sollen.[11]) Die Hin- und Herreise des betreffenden
Boten mußte damals jedenfalls mehr als acht Tage in Anspruch
nehmen, sie scheint sogar viel länger, mindestens bis Ende des
Monates, gedauert zu haben.[12]) Inzwischen fuhr Heinrich bald
nach dem 9. November unter neuer Genehmigung des Bremer
Rates mit predigen fort, und wurde von den Kirchspielsleuten
bereits als ihr Prediger betrachtet. Als Luthers Ermächtigung
dann eintraf, konnte er sich als ordentlich berufen betrachten,
Gottes Wort hier zu predigen. Es war das zwar nicht völlig
legal geschehen, indem man das St. Ansgarii-Kapitel nicht befragt
hatte; aber hierüber hat man sich in der reformatorischen Bewegung öfters hinwegsetzen müssen, da es galt ein Neues und
Größeres zu bringen.

Die Predigten des Augustinermönchs waren nun das wich-
tigste Tagesereignis in der Stadt Bremen. Alles wollte den
kühnen Mann sehen und hören. Die Kapelle war zwar klein,
und wir haben keine Ursache einer späteren Nachricht zufolge anzunehmen, daß Heinrich hernach in der großen Kirche selber gepredigt[13]); aber dafür fanden die Predigten um so öfter statt.
Nach verschiedenen Mitteilungen hat er hier täglich seine Stimme
hören lassen, um der zusammenströmenden Menge die ursprünglichen Wahrheiten des Evangeliums und die Abweichungen des
entarteten Kirchentumes vor Augen zu führen.[14])

Wir besitzen über jene Predigten ziemlich eingehende Berichte,
und zwar merkwürdigerweise aus gegnerischer Feder. Denn unter
den Zuhörern fanden sich auch täglich, so hören wir, Abgesandte
der Priester ein, welche über das Gehörte weitere Mitteilungen
machten, woraus dann auch ein genauer offizieller Bericht an
den Erzbischof einging. Es konnte nicht fehlen, daß dabei Ent-
stellungen, Mißverständnisse und Uebertreibungen mit unterliefen,
dennoch können wir ein einigermaßen richtiges Bild hiervon
aus diesem Bericht entnehmen.[15]) Natürlich erfahren wir auf
diese Weise aber nur das, was den Gegnern als besonders an-
stößig erschien.

Da habe denn also der aufrührerische Mönch, mit Berufung
auf Stellen aus den Episteln St. Petri und Pauli, verkündigt,
alle Geistlichen sollten dem Rate unterthan sein, was dann zur

Folge gehabt, daß der Rat sich an Stelle des Erzbischofs gesetzt; ebenso sei infolge einer Predigt über einen Spruch Petri die Zerstörung des St. Pauli-Klosters vorgenommen (worüber hernach).[16] Letzterer Punkt kam hernach (1525) zur Verhandlung, und es wurde darauf von seiten der Bremer erwidert, man wisse nicht, „daß Bruder Heinrich Petrum anders angeführt, denn wo für Gott wohl gehörig, nachdem Bruder Heinrich ein gelehrter Mann gewesen.“ Ferner hieß es, er habe gesagt, zum Predigen bedürfe es nicht der Erlaubnis eines menschlichen Ordinarius, weil geschrieben stehe, Niemand könne Jesum einen Herrn heißen, ohne im heiligen Geist; somit komme es allein auf den Ruf Gottes an; sodann, die Bischöfe seien Diebe, Räuber, Menschenmörder, blinde Leiter, Oelhändler und Seelenbetrüger, der Papst sei der Antichrist, und ein sogenannter höherer Priester gelte nicht mehr als ein einfacher;*) Papst und Kaiser verdürben durch ihre Anordnungen das göttliche Gesetz und führten die Menschen elendiglich zum finstern Tartarus; die Prälaten grüben das Evangelium Christi in die Erde, er selbst sei der wahre Prälat, der das vergrabene Evangelium wiederherausholе. Ferner habe er gesagt: die göttlichen Gebote seien nicht mit Furcht, sondern mit Liebe zu Gott zu erfüllen; es sei kein Unterschied zwischen Priestern und Laien, wie denn auch Priester, Mönche und Laien mit derselben bürgerlichen und peinlichen Strafe gerichtet werden müßten; ferner: Maria sei nicht so heilig, wie sie jetzt gehalten werde, denn in keinem Buche der Schrift werde sie beatissima, die Allerseligste, genannt, vielmehr nur wie Stephanus „voller Gnaden und Stärke“; auch sage man jetzt wohl noch zu einem vorzüglichen Manne: „selig ist der Leib der dich getragen“, wenn auch dessen Mutter schlecht gewesen; die Heiligen seien nicht zu ehren und ihre Bilder mit Feuer zu verbrennen; ihnen Wachslichter anzuzünden, sei daher in keiner Weise verdienstlich; Fege-

---

*) Gegen diesen Vorwurf replizierten die Bremer durch Hinweisung auf Johannes den Täufer, welcher auch die nach Gottes Gesetz heiligen Pharisäer als Otterngezüchte bezeichnet, und mit dem Zusatze, daß, wer andere Wege und Grund setze denn durch den einigen Christum selig zu werden, wahrhaftig der Antichrist sei.

feuer und Höllenstrafen seien nicht zu fürchten, da Christus zur
Erlösung Aller gekommen; fasten und beten brauche man nicht,
da Christus beides für uns gethan; es gebe keinen freien Willen,
da Paulus gesagt: „Es liegt nicht an Jemandes Wollen oder
Laufen, sondern an Gottes Erbarmen"; um das Himmelreich
brauche man nicht Sorge zu tragen, sondern könne auch in den
Todsünden beharren, da ja Christus nicht die Gerechten sondern
die Sünder zu erlösen gekommen, und somit das Himmelreich
unser sei; überhaupt sei Gott mächtig genug, uns aufs reichlichste
auszustatten, und unnötig sei's daher, Schweiß zu vergießen um
Nahrung und Kleidung. Im weiteren heißt es, er habe gesagt,
die weltliche Obrigkeit der Stadt Bremen stehe über allen geist=
lichen Personen in derselben (unter Berufung auf Röm. 13), und
alle diese hätten daher die Stadtlasten mitzutragen. Ferner habe
er mit Hohn gesprochen von den priesterlichen Weihen, insbe=
sondere an den heiligen Kleidern, Lichtern, Weihwasser und Salz.
Ebenso ist es nach ihm eine Fiktion, zu glauben, daß man durch
Unterlassung heiliger Handlungen eine Sünde begehen könne; die
Gebote Gottes führten die Menschen nicht zum Guten, sondern nur
die Liebe; hinsichtlich der Ehehindernisse im 3. und 4. Verwandt=
schaftsgrade enthalte Gottes Wort nichts, sondern nur die aus
Habsucht aufgestellten Menschensatzungen; mit unsern guten Werken
gewännen wir das ewige Leben nicht, da es Jes. 63 heiße: „unsre
Gerechtigkeit ist wie ein beflecktes Kleid", sondern allein mit dem
Glauben; in der Fastenzeit dürfe jeder Christ Fleisch und Milch=
speisen genießen, weil das Verbot nur eine Menschenerfindung
sei; die Wallfahrten nach St. Jakob seien lächerlich und müßten
aufhören; das Meßopfer nütze weder den Lebenden noch den
Toten etwas und sei nur eine menschliche Einrichtung, zur Be=
reicherung der Priester und Mönche ausgedacht; ebenso, es gebe
keine Sakramente, als Abendmahl und Buße, und die Laien müßten
auch „unter beiderlei Gestalt" kommunizieren; ein Beichtbekenntnis
mit dem Munde sei nicht nötig, die Leute hätten es mit ihrem
eignen Gewissen abzumachen und seien dann zu absolvieren (wie
Heinrich selber auch thue); und endlich, da es Matth. 17 heiße:
„dies ist mein lieber Sohn" 2c., so seien Papst, Kardinäle,
Bischöfe u. s. w. als Pharisäer und Antichristen zu achten, Christus

aber allein zu hören, und zwar so weit er Gott, nicht aber so weit er Mensch sei.

Diese Angaben über Heinrichs Predigten gewähren uns einen interessanten Einblick in dieselben, obwohl wir sie nur aus feindlicher Berichterstattung und im Einzelnen wohl bis zur Unkenntlichkeit entstellt überliefert erhalten haben. Würde den Freunden oder ihm selber Gelegenheit geboten sein, hie und da Einsprache zu erheben, so würde Manches anders lauten. So hat Heinrich z. B. sicher nicht gesagt, es gebe keine andern Sakramente als Abendmahl und Buße, und also die Taufe unerwähnt gelassen*); ebenso nicht, er selber sei der wahre Prälat, desgleichen, man brauche nicht mehr für Nahrung und Kleidung zu arbeiten, auch nicht, man könne außer dem Fasten auch das Beten unterlassen, da Christus beides für uns gethan u. s. w. Im Uebrigen aber gewinnt man den Eindruck, daß die feindlichen Spione den Prediger sehr wohl verstanden und seine Meinung im Ganzen richtig dargestellt haben.

Fassen wir's kurz zusammen, so hat Heinrich hiernach einer= seits das bestehende Kirchentum angegriffen, und andrerseits neue Behauptungen und positive Forderungen aufgestellt, die, von Uebertreibungen gereinigt, ganz wie bei den anderen Refor= matoren lauteten. Hinsichtlich des Ersteren hat er ganz wie Luther den Papst als Antichristen bezeichnet, die Geistlichen aber als Pharisäer, Diebe, Räuber, Seelenmörder u. s. w.; er hat die dem Evangelium feindlichen Anordnungen von Papst und Kaiser verworfen, und für Bremen verlangt, die Klerisei solle der welt= lichen Obrigkeit unterthan sein und die Staatslasten mittragen (letzteres eine alte Forderung der Bremer); er hat behauptet, das Evangelium sei bisher in der Erde vergraben gewesen und komme nun wieder zum Vorschein; er hat den Mariencult an= gegriffen, den Heiligendienst verworfen, gegen die Abgötterei mit den Bildern geeifert, die priesterlichen Weihen für nichtig erklärt, die Fasten, Wallfahrten, Meßopfer**) und kanonischen Ehehinder-

---

*) Luther nimmt in der Schrift von der „Babylonischen Gefangen= schaft der Kirche" drei Sakramente an: Abendmahl, Taufe und Buße, und so ist's auch hier wohl gemeint.

**) Hinsichtlich der Verwerfung des Meßopfers vergleiche man die

niſſe als eitel Menſchenwerk dargeſtellt. Als poſitive Forderung und Behauptung hat er dann folgendes gelehrt: zum Predigen komme es weniger auf menſchliche Einſetzung, als auf den Ruf Gottes an, der Menſch habe keinen freien Willen*), Chriſti Er-löſung befreie uns von Fegfeuer und Hölle (mit andern Worten: es bedürfe keines Ablaſſes und dergleichen Hülfsleiſtungen von ſeiten der Kirche mehr), zur Erlangung des Heils diene allein der Glaube, nicht aber die guten Werke, und zum Guten führe uns nicht Gottes Geſetz, ſondern allein die Liebe.

Denken wir uns alle dieſe Sätze in klarer theologiſcher, dabei populärer und von hohem Eifer beſeelter Ausführung dar-gelegt, ſo erhellt ſchon daraus, in welch reichhaltiger und mannig-faltiger Weiſe der kühne Auguſtinermönch die reformatoriſchen Principien zu predigen verſtand. Auf ſeine Hörer aber mußte ſolche Verkündigung einen überwältigenden Eindruck machen, und wir können uns wohl erklären, wie vom erſten Augenblicke an alle Unbefangenen ihm zufielen, die Feinde zur ernſtlichſten Gegen-wehr ſich ſammelten, von den in ſeine Predigten ausgeſchickten Spionen mehrere völlig ſich bekehrten, die Stadt Bremen aber für die Sache der Reformation gewonnen wurde.

Doch das Letztere konnte erſt ſehr allmählich und langſam vor ſich gehen. Es war vorauszuſehen, daß der Klerus von vornherein mit Kraft dagegen auftreten werde, wogegen der Rat der Stadt bei der ſchwierigen Sachlage nur mit äußerſter Vor-ſicht handeln durfte.

Die nun zunächſt folgenden Ereigniſſe finden in den Chroniken und ſonſtigen Quellen eine ſehr verſchiedene Darſtellung, nament-lich betreffs der Frage, welche Schritte die Feinde gegen ihn ein-geſchlagen. Das Erſte war wohl, daß Heinrich vor das Ansgarii-Kapitel citiert wurde[17]). Hier erſchien er und wurde gefragt, warum und auf welche Auktorität er geprediget habe. Seine Antwort war, er ſei aufgefordert, und Gottes Wort ſei nicht

---

oben erwähnten Theſen Heinrichs gegen die Privatmeſſe, deren erſte ganz einfach ſagt: „Die Meßfeier iſt das Haupt und die Wurzel vom Untergang des Glaubens und der Liebe".

*) Man vergleiche hierbei die oben beſprochenen Theſen vom 12. Jan. 1521, welche auch den freien Willen leugnen. .

gebunden. Man verbot es ihm darauf, er aber erklärte, wie einst die Apostel im Synedrium zu Jerusalem, fest und bestimmt, er habe Gott mehr zu gehorchen als den Menschen, sei jedoch bereit, auf Befehl der städtischen Obrigkeit davon abzustehen; hatte er von letzterer doch Erlaubnis erhalten. Nun wandten sich die Geistlichen von St. Ansgar, wie es scheint verstärkt durch solche von anderen Kirchen*), an diese Obrigkeit, und zwar mit einer schriftlichen Eingabe, in welcher sie über den frechen Eindringling klagten und seine Austreibung nachsuchten. Der Rat verhandelte darauf mit den „Bauherren" jener Kirche. Es waren der erwähnte Heinrich Esich und Arend Wittelohe, beide (wie es nicht gewöhnlich war) Ratsmitglieder. Dieselben rechtfertigten das Geschehene ebenfalls schriftlich, und ihre Antwort ward den Klagenden zugestellt, zugleich mit dem Bemerken, der Rat habe Heinrich nicht kommen heißen und sehe keine Veranlassung, ihm hinderlich zu sein.

Es erhellt hieraus, daß die Stellung des Rats bei aller Vorsicht im Handeln von Anfang an eine entschiedene war. Wie er dem hereingekommenen Mönche sogleich zum Predigen die Erlaubnis erteilt und auch seine darauf folgende Anstellung bestätigt, so nimmt er auch sofort gegen den Klerus für ihn Partei. Zwar mag es an Meinungsverschiedenheiten unter den klugen Herren nicht gefehlt haben, allein diese bezogen sich, soweit wir sehen, nur auf die einzuschlagenden Schritte, nicht auf die Sache. Nach einer Erzählung aus späteren Quellen ist es einmal in einer Ratsversammlung stürmisch hergegangen; es schien doch Vielen allzu bedenklich, um eines „verlaufenen Mönches" willen sich Unfrieden und Krieg auf den Hals zu laden. Da erhob sich der hochangesehene Bürgermeister Meimar von Vorden und erklärte: „Er habe keine Unlust zum Unfrieden, aber er wisse gewiß, was der Mönch lehre, das sei die reine, lautere Wahrheit und dem Worte Gottes gemäß; daß er denn dazu raten oder helfen solle, daß ein solcher Mann unverhörter Sachen verstoßen würde, da solle ihn Gott vor behüten". Das Wort fand

---

*) „Domherrn, Mönche und Pfaffen" heißt es bei Luther und in den Chroniken.

allseitigen Beifall, denn es wehte in ihm etwas von der hohen
reformatorischen Begeisterung, vor deren religiöser Kraft alle
kleinlichen Bedenken in den Hintergrund traten. Mochten auch
politische Erwägungen dabei helfen, vor allem der Wunsch nach
größerer Freiheit von der geistlichen Regierung, der entscheidende
Punkt lag für den Rat doch in der Sache selber, welcher seine
besten Glieder von Herzen zugethan waren.[12]) So nimmt er
denn zu Heinrich von jetzt an keine zurückhaltende, abwartende
Stellung mehr ein, sondern betrachtet ihn gradezu als unter
seinem Schutze stehend und läßt ihm die bürgerliche Freiheit zu
teil werden.[19])

Und das war auch nötig. Ließ es sich doch erwarten, daß
die Geistlichen mit der erhaltenen Abweisung nicht beruhigt sein
würden. Man wandte sich jetzt an den Erzbischof. Christoph
befand sich damals in der Stadt Verden. Denn neben seinem
bremischen Sprengel hatte er sich auch das verdener Bistum
anzueignen gewußt, obgleich dasselbe zum mainzer Erzbistum
gehörte und das Kirchenrecht die gleichzeitige Verwaltung von
zwei verschiedenen Kirchensprengeln verbot. Nach Bremen kam
er überhaupt selten, und seit den nun beginnenden Ereignissen
nie mehr. Acht Tage etwa nach jener Abweisung[20]) erschien
eine stattliche Gesandschaft von ihm vor dem Rate, bestehend aus
dem Weihbischof (welcher, wie berichtet wird, dem reformfeind-
lichen Dominikanerorden angehörte), den verdener Domherren
Michel und Diedrich von Mandeslohe, dem Herrn Alverich
Clüver, dem Drosten Diedrich von Staphorst in Langwedel und
dem Kanzler Johann Rapen[21]). Dieselben erinnerten den Rat
an seine „Hulde und Pflicht" gegen den Landesfürsten und
verlangten auf Grund derselben die Auslieferung des hereingekommenen Mönches. Auf die Frage des Rates, weshalb man
dies von ihm begehre, heißt es, derselbe predige wider die heilige
Kirche, und als man darüber einen näheren Nachweis verlangt,
bleiben die Abgesandten die Antwort schuldig. Einstweilen scheinen
damit die Verhandlungen vertagt zu sein. Die Erzbischöflichen
wandten sich nun an die Bürger, vor allem an die Vorstände
der Aemter, um sie gegen das Vorgehen des Rats und der
Kaufleute aufzubringen und ein Gesuch zur Vertreibung Heinrichs

zu veranlassen.[22]) Aber ohne Erfolg. Man antwortet ihnen,
außer dem Evangelium habe man nichts aus seinem Munde
vernommen und eine Auslieferung könne man nicht eher dulden,
bis man ihn eines Irrtums überwiesen sehe. Dann sucht der
Weihbischof in der Stille den Mönch zu fangen und aufzuheben.
Auch umsonst. Schließlich werden die Verhandlungen mit dem
Rate fortgesetzt. Man zieht jetzt mildere Saiten auf und giebt
zu, daß mancherlei im Kirchenwesen anders sein könne, nur
die Forderung bleibt, der Mönch müsse ausgeliefert werden.
Aber bestimmt lautet die Weigerung: solange demselben kein
Unrecht nachgewiesen, könne davon nicht die Rede sein. Es
wird daran die Bitte geknüpft, der Erzbischof möge gelehrte
Leute schicken, die mit Heinrich disputieren könnten; würde er
da auf Grund der heiligen Schrift einer Irrlehre schuldig befunden, so wolle ihn der Rat „mit ziemlicher Strafe" wegschaffen,
wo nicht, so müßte man nicht von ihm zu lassen. Der Weihbischof konnte sich hiemit nicht beruhigen. So bat er denn um
des lieben Friedens willen im ganzen Lande, den Schuldigen
herauszugeben; es handle sich hier wahrlich um nichts Geringeres
als um ihrer Seelen Seligkeit. Aber auch dieser Appell blieb
ohne Eindruck: die Gesandten mußten unverrichteter Sache wieder
abziehen, und es ist begreiflich, daß die freundliche Zuvorkommen-
heit sich dabei in grimmigen Zorn verwandelte. Der Weihbischof, heißt es, wollte „nachmals" die Kinder der Stadt nicht
firmeln. Gewiß werden sich auch darüber die Bremer getröstet
haben.

So war auch dieser Sturm glücklich abgeschlagen, und
Heinrich's Stellung damit ungemein befestigt. Auf |die ganze
Bevölkerung aber machte dies Alles einen erhebenden Eindruck.
Man interessierte |sich allgemein für den Augustinermönch und
begeisterte sich für Annahme der Reformation. Zur Förderung
derselben thaten verschiedene Bürger sich zusammen und schickten
einen Bücherhändler nach Wittenberg, um dort reformatorische
Schriften einzukaufen[23]). Heinrich selbst befand sich in gehobener
Stimmung; das bezeugt uns sein Brief vom 29. November 1522
an Probst und Reyner, welcher beginnt: „Christus lebt, Christus
siegt, Christus herrscht!" Er erzählt dann seine bisherigen Erlebnisse;

und zum Schluſſe heißt es: „Auf den Herrn vertraue ich und will
mich nicht fürchten; was ſollte mir ein Menſch thun? Bittet unauf-
hörlich um Ausbreitung des Wortes. Ich werde Bremen nicht ver-
laſſen, es ſei benn, daß man mich mit Gewalt vertreibt. Geſchehen
mag der Wille des Herrn, deſſen Hand ich immer als eine
gnädige bei mir empfinde“. Heinrich erkannte, daß er hierher
zum Reformator berufen worden ſei und mit der Hilfe ſeines
Herrn viel ausrichten könne.[24]

Der Erzbiſchof aber wollte ſelbſtverſtändlich die Sache noch
nicht fahren laſſen. Es war doch unerhört, in ſeiner Hauptſtadt
einen Ketzerprediger aus Wittenberg zu wiſſen, der die ganze
Stadt von ihm abwendig machte. Hatte die Sendung an dieſe
nichts gefruchtet, ſo wollte er ſich an eine Verſammlung des
ganzen Stifts wenden und durch ein Votum desſelben die Städter
zwingen. So hören wir nun von einem „Stiftstage“, welcher am
11. Dezember wegen dieſer Sache in dem Orte Basdahl ab-
gehalten wurde. Es kamen dahin die Abgeordneten des Domkapitels, der Prälaten, der Ritterſchaft und der oben erwähnten
drei Städte. Bremen hatte die beiden Bürgermeiſter Meimar
von Borken und Daniel von Büren (den Aelteren) geſchickt.
Chriſtoph, der ſelber zugegen war, ließ ſich folgendermaßen über
die Bremer aus: Jedermann wiſſe, daß Einer mit Namen
Martin Luther vom Papſte in den Bann, ſowie von Kaiſer und
Reich in Acht und Aberacht gethan ſei. Trotzdem habe der Bremer
Rat einem Auguſtinermönche von desſelben Mannes Sekte und
Ketzerei in der Stadt, ihm zuwider, Schutz verliehen und ſei
damit ebenfalls in den päpſtlichen Bann und die kaiſerliche Acht
verfallen. Er (der Erzbiſchof) habe eine ſtattliche Geſandtſchaft
darüber an den Rat geſchickt, aber keinen Erfolg erreicht. Andre
Sachen, die er noch gegen Bremen habe, wolle er um des
Friedens willen ruhen laſſen, hierin aber bitte er die Stifts-
genoſſen, ihm behülflich zu ſein. Hierauf erwiderten die Bremer
folgendes: Sie hätten die Schreiben von Papſt und Kaiſer,
welche Martin Luther verurteilten, noch garnicht geleſen, müßten
auch nicht, ob der Mönch dieſer Sekte angehöre. Denſelben habe
der Rat auf die Bitte der Bürger in ſeinen Schutz genommen,
noch ehe jene Geſandtſchaft angelangt ſei und alſo nicht Seiner

Fürstlichen Gnaden zuwider. Würde derselbe nun als kezerisch befunden, indem seine Lehre dem heiligen Evangelium zuwider wäre, so gedächten die Bürger ihn nicht zu beschützen, sondern würden ihn verfolgen helfen. Und da nun viele gelehrte Geistliche in Stadt und Stift seien, so dünke es den Bürgern leicht, ihn darüber zu verhören. Auch der Rat erkenne darin den besten Weg und bitte Se. Fürstl. Gnade, das ungesäumt zu thun. Der Erzbischof war von dieser Antwort wenig erbaut; er verlangte kurzer Hand die Auslieferung des Mönchs nebst Zahlung einer Buße. Die Bremer erklärten aber bestimmt, der Mönch sei unter ihrem Schutze, und der Rat habe das Recht wie jeder Richter Jemanden vor ungerechtem Ueberfall zu schützen; zu einer Buße sähen sie sich vor geschehener Entscheidung nicht verpflichtet. Jetzt treten die Stiftsgenossen auf und erbieten sich zur Vermittelung. Die Bremer bemerken zwar vorsichtig, hierzu keinen Auftrag zu haben, sind aber bereit ihrerseits darauf einzugehen. So wird nun den ganzen Tag verhandelt, aber die Verhandlung kann zu keinem Ziele führen, da man nur darauf ausgeht, die Bremer zum Nachgeben zu veranlassen. Hierzu aber sind dieselben um keinen Preis zu bewegen, auch nicht, als ihnen endlich im Namen aller der Abt von Harsefeld erklärt, sie gedächten in dieser Angelegenheit beim Erzbischof gegen die Stadt zu bleiben.

Wiederum hatte der Erzbischof nichts erreicht und ritt am Abend sehr zornigen Mutes von dannen. Aber eine Hoffnung blieb noch den Vermittlern. Die Bremer hatten sehen können, wie mißlich die Sache für sie stand, und wie wenig für sie auf Unterstützung im Stifte zu rechnen war. Würden das ihre Abgesandten daheim berichten, so konnte man sich doch noch eines Anderen besinnen. Darum wird den beiden Bürgermeistern jetzt noch namens des Erzbischofs eine 14tägige Frist als Bedenkzeit gegeben, unter der Beifügung, daß wenn der Mönch etwa innerhalb dieser Zeit fortliefe, Se. Fürstl. Gnaden vielleicht auf die Forderung der Buße verzichten würde. Der Wink war deutlich. Man hatte ihnen eine goldne Brücke gebaut, und wahrlich, hätte es sich nicht um eine so ernste Glaubens- und Gewissenssache gehandelt, der Rat wäre thöricht gewesen, dieselbe nicht zu betreten und statt dessen in dieser gefährlichen Position zu verbleiben. Aber man hatte damals in Bremen die Kraft der reformatorischen Wahrheit erfaßt und war nicht gesonnen, dieselbe wieder fahren zu lassen.

Kurz nach dieser Stiftsversammlung, vom 13. Dezember, ist ein zweiter Brief von Heinrich datiert, der sich in unsern Händen befindet. Er ist (wie bereits erwähnt) an G. Hecker in Osnabrück gerichtet und enthält, gleich dem ersten, nur in viel eingehenderer Weise, einen Bericht über die ersten Erlebnisse in Bremen nebst verschiedenen Reflexionen. Da er für den Verfasser sehr charakteristisch ist, so teilen wir ihn in deutscher Uebersetzung mit.[25]

„Dem ehrwürdigen und christlichen Vater Magister Gerhard Hecker, Gelehrten in der evangelischen Lehre und standhaften Bekenner ohne Ansehen der Menschen.

„Christus lebt, Christus wird siegen, Christus regiert!

„Ich habe, ehrwürdiger Vater, heute am Tage St. Luciä deinen Brief erhalten, in welchem du Glück wünschest zu dem Wachstum des Wortes und erzählst, welch eine Schein-Reformation durch ein zukünftiges Konzil von der römischen Kurie ausgehe, auch meine Meinung über ein solches Erzeugnis erbittest und nach meinem Befinden fragst. Ueber den römischen Papst und den gesamten Körper des päpstlichen d. h. antichristlichen Reiches kann ich nichts anderes als Untergang und Sturz zum äußersten Abgrund weissagen. Denn angefangen hat die Rache über das Blut der Heiligen, welches vergossen ist vor dem Angesicht des Herrn, und seine Hand wird nicht säumen, ein schnelles Seelenverderben über seine Feinde zu führen.

„So sehr bin ich gewiß, daß die sogenannte „geistliche" Herrschaft des römischen Reiches die Macht der Finsternis, das Reich der bösen Geister unter dem Himmel, der äußerste und letzte Feind Christi ist und daß sie in zwiefachem und völligem Widerspruch steht zu allen christlichen Einrichtungen, als ich von meinem Leben gewiß bin. So mögen sie denn beraten und wieder beraten, sich ausdenken und hervorbringen wie viel an Plänen sie wollen, sie werden damit nichts ausrichten fürs Evangelium, welches sein Zeugnis nicht von Menschen nimmt, denn es hat ein Zeugnis, das größer ist als des Johannes Zeugnis, sondern nur für ihre eigenen „heiligen", das heißt von Allen zu verabscheuenden, Dekrete werden sie alles beraten und beschließen.

„Denn ich weiß, es ist die Zeit, da die auf dem Felde sind, nicht wieder heimkehren sollen etwas aus dem Hause zu holen. Vergehen mögen daher die Planmacher mit allen ihren Plänen; das Wort des Herrn, welches wir haben, bleibt ohne menschliche Planmacher und Verteidiger; es geschehe daher mit ihnen, was der 78. und der 82. Psalm weissagen.

„Von Doktor Martin erhielt ich kürzlich ein tröstliches und meine Berufung bestätigendes Schreiben. Sonst hörte ich nichts Neues. Das Neue Testament sah ich, konnte aber kein Exemplar bekommen, und es giebt auch zu Wittenberg keine mehr, daher schon die zweite Auflage unter der Presse ist.*) Ich sah auch einige Artikel, bekam und las sie aber noch nicht, welche die Kurfürsten für die Befreiung Deutschlands aus der gewaltthätigen Brandschatzung der Römer an den Kaiser und den römischen Bischof sandten, aber es handelt sich dabei um zeitliche Dinge, nicht um die Freiheit des Wortes, wie du vielleicht gesehen und mit schnellem Urteil erkannt hast.

„Da du dich aber nach meiner Lage erkundigst, so wisse, daß ich wider meine Erwartungen und Gedanken berufen worden, und bald nachdem ich nach Bremen gekommen, von den Brüdern aufgefordert bin, einmal und dann mehr ihnen das Wort zu verkünden. Als ich diesen, christlicher Liebe gemäß, zu Willen war, wurden bewegt und aufgeregt die Obersten der Priester und Pharisäer; man führt mich vor die Versammlung der Kanoniker und befiehlt mir nicht mehr zu predigen. Als ich dann geantwortet, ich müsse Gott mehr gehorchen als den Menschen und wolle denen, die da bitten, das Wort nicht verweigern, da hebt die Verschwörung an und eine schwere Klage wird dem Erzbischof zugestellt. Unterdessen fahre ich, ihrer Forderung gemäß, täglich in der Verkündigung des Wortes fort, wobei mir vom Magistrate der Stadt öffentlicher Schutz gewährt wird. Bald, nachdem acht Tage vergangen, schickt der Erzbischof eine

---

*) Von der deutschen Ausgabe des Neuen Testamentes war also die „Septemberausgabe" bereits vergriffen; die neue erschien im Dezember.

Gesandtschaft nach Bremen, und es werden die auf Grund des gelobten Eides zusammenberufenen Bremer beschworen, den Feind der heiligen römischen Kirche, der zugleich sein eigener Feind sei, in die Hände des Bischofs zu übergeben. Die Häupter der Stadt werden berufen, antworten aber mit e i n e r Stimme, sie würden mich nicht eher entlassen, bis sie mich durch die kanonischen Schriften überführt sähen.

„Da machten die erzürnten Obersten der Priester den babylonischen Feuerofen in der Brust des Bischofes siebenmal heißer, als er zu sein pflegt, und nachdem darauf ihre Patrizier und Abeligen eingeladen worden, nämlich die benachbarten Bischöfe*), auch die Kanoniker von Lübeck und Hamburg, werden die Bremer mit der größten und kaum glaublichen Angeberei angeklagt und zur Verantwortung gezogen, und sollen den Augustiner dem Gerichte stellen. Die Unsern kommen zur Versammlung und hören die schwere Anklage, vor allem daß sie auch jetzt zum zweiten Male den Feind ihres Fürsten und Oberhirten nicht herbeigeführt hätten. Als sie dann antworteten, sie würden den mir zugesagten öffentlichen Schutz nicht eher verletzen, als bis sie mich überführt sähen, da begann jener wie ein Unsinniger sich selbst zu verfluchen, indem er schwor, er wolle eher Leib und Leben hingeben als diese Beleidigung ungerächt hingehen lassen; endlich aber milder gestimmt, bewilligte er einen Stillstand von zwölf Tagen Bedenkzeit, daß sie entweder indessen seinen Feind auslieferten, oder aber die Feindschaft ihres Bischofs zu kosten bekämen. Das ist es, was ich von der Sache weiß. Was weiter geschehen wird, weiß der Herr, nicht ich; dies aber weiß ich, daß Christus mir ein Helfer sein wird; wer den Höchsten seine Zuflucht sein läßt, dem wird kein Uebel nahen. Er wird uns nicht versucht werden lassen über unser Vermögen u. s. w. Deßhalb werde ich den Platz nicht verlassen, vom Evangelium werde ich nicht schweigen, bis ich den Lauf dieses Lebens vollendet habe. Aber freilich bitte ich, ehrwürdiger Vater, um Deine und aller der Deinen Fürbitte, insbesondere daß der Herr meinen Glauben vermehre

---

*) Daß an die benachbarten Bischöfe und an die Lübecker und Hamburger Stiftsherren Einladungen ergangen seien, wird sonst nicht gemeldet. Heinrich denkt sich die Versammlung großartiger, als sie gewesen war.

4

und alles Vertrauen auf den fleischlichen Arm wegnehme; sehr
hänge auch ich Ungläubiger vom Menschen ab, welches Uebel
durch die täglichen Anfechtungen in mir schon ausgetrieben zu
werden beginnt. So oft Du daher zu Christo betest, wollest Du
auch dieses armen Sünders vor ihm gedenken; das begehre ich
von Dir als unserm christlichsten Bruder und treuen Hirten der
Gemeinde, für welchen ich auch von meiner Seite die schuldigen
Bitten und Gebete darbringe. Lebe wohl und grüße den Vater
Lektor auch von mir. Am Tage S. Luciä.

Bruder Heinrich von Z.“

Daß die den Bremern gewährte Bedenkzeit ungenutzt verstreichen werde, konnten auch unter den Stiftsgenossen die Ein-
sichtigen sich sagen. Es mag daher nicht auffallen, wenn wir
schon vor Ablauf derselben von einer neuen Verhandlung hören,
die den Zweck hatte, eine Vermittlung zwischen Erzbischof und
Stadt herbeizuführen. Dieselbe scheint vom Bremer Domkapitel
ausgegangen zu sein, welches sich bei dem Ausbruch von Feind-
seligkeiten als inmitten der Stadt wohnhaft in übelster Lage
befand. Sie fand am 20. Dezember auf der Gieler Mühle
(beim Orte Kuhstedt, in der Nähe von Basdahl) statt.[26]) Es
waren Abgeordnete der verschiedenen Stiftsstände zusammenge-
treten.[*]) Den Bremern wird erklärt, man sei hier, um Frieden
und Eintracht zwischen dem Bischof und ihnen herzustellen und
bitte sie daher um Nachgiebigkeit. Die Bremer erwidern, man
suche sie mit guten Worten zu bestricken und zeige sich nicht als
unparteiisch; auch eigneten sich die Stiftsgenossen wohl nicht zur
Beurteilung, da diese Sache des Mönches nicht von Laien, sondern
von Theologen entschieden werden müsse; sie hätten ein Recht,
Jeden zu „leyben“ (d. h. zu beschützen) vor ungerechtem Ueberfall;

---

[*]) Des Erzbischofs Vertreter waren der Drost Clemens von der Wisch
und der Kanzler Johann Rapen; aus den Prälaten erschien der Abt von
Hersefeld; von der Ritterschaft Werner von der Hude und Hermann von
Werdabe; aus Stade Martin Schranewede und aus Burlehube Peter Rabele-
vetzen. Die Vertreter der Stadt Bremen werden nicht genannt, doch berichtet Büren wieder als Mitwirkender darüber; die vom Domkapitel (Propst
und Dekan) kamen erst abends, als die Verhandlungen vorbei waren.

es wäre auch nicht nötig, in dieser Angelegenheit so viele Land-
tage zu halten, während man bei wichtigen weltlichen Dingen
(wobei sie Einiges namhaft machen) heimlich zu Werke gegangen
und zum Schaden des Stifts Niemanden gefragt habe. Als
ihnen hierauf bemerkt wird, der dem Mönche gewährte Schutz
sei dem Bischof zuwider geschehen, und seine Lehre sei bösartig,
daher die Forderung einer Geldbuße auch ganz in der Ordnung,
antworten die Bremer: sie hätten dem Bischof zuwider Niemanden
beschützt und wären immer bereit ihm die schuldige Pflicht und
Ehrerbietung zu beweisen. Die Stiftsgenossen sehen wieder, daß
mit den Bremern nichts angefangen werden kann. Sie schlagen
darum vor, die Sache eine Zeit lang ruhen zu lassen; mittler-
weile könne man bremischerseits entweder den Mönch fahren lassen
oder einen anderen Friedensweg einschlagen. Die Bremer erklären,
darin keine bestimmte Zusage geben zu können, aber so weit es
der Friede mit den Ihrigen gestatte, wollten sie versuchen, den
Mönch „mit Fug" zu entfernen; dafür müsse man sie von der
vom Erzbischof geforderten Geldbuße befreien. Dies aber können
ihnen die Stiftsgenossen nicht zusagen, und so zieht man ohne
Ergebnis wieder von dannen.

Bruder Heinrichs Stellung in Bremen konnte für die nächste
Zeit als gesichert gelten. Von den Bürgern geliebt und vom
Rate beschützt, durfte er kräftig weiter wirken und auf eine sichere
Durchführung der Reformation hoffen. Freilich mußte ihm auch
einleuchten, daß große Vorsicht not that. Bremen befand sich in
sehr exponierter Lage. Der Landesfürst trat der Reformation als
Feind entgegen und hatte [an seinem herzoglichen Bruder einen
mächtigen Helfer, das Stift war von dem Verlangen nach Refor-
mation noch unberührt, in der Stadt bildeten Geistliche und
Mönche die natürlichen Bundesgenossen des Feindes, und [vor
den Thoren erhob sich burgartig in bedenklicher Nähe das
St. Pauli-Kloster; dazu drohten kaiserliche Acht und päpstlicher
Bann. Ein revolutionäres Ueberstürzen konnte die übelsten
Folgen haben. Es galt Schritt vor Schritt weiterzukommen und
die Lage mit Klugheit auszunutzen.

Zu einer sachlichen Untersuchung der Lehre Heinrichs, wie die Bremer sie forderten, konnte sich der Erzbischof gewiß schwer entschließen. Für geistige Dinge hatte er niemals großes Interesse an den Tag gelegt, für theologische vielleicht am allerwenigsten. Und doch mußte der Schritt gethan werden, schon um den Städtern den Vorwand zu nehmen, die Sache sei garnicht untersucht worden. So wird dann für das neue Jahr 1523 eine Kirchen= versammlung geplant. Einstweilen versucht man's noch mit neuen Drohungen. Der Erzbischof war zu der Statthalterin der Nieder= lande in Beziehung getreten und hatte sie veranlaßt, den Mönch als einen Gefangenen des Kaisers von den Bremern herauszu= fordern.[27] Mit einem Briefe darüber von der Statthalterin erschien denn eines Tages, in der ersten Zeit des neuen Jahres, eine erzbischöfliche Gesandtschaft wieder vor dem Rate; sie wies hin auf Papst und Kaiser, übergab Margaretens Forderung und warnte mit allem Ernste, die Stadt nicht durch fortgesetzten Eigen= sinn in Schaden zu stürzen. Aber umsonst! Es heißt, die Stadt= oberen gaben den Gesandten eine „gute, bescheidliche Antwort."[28]

Mit um so größerem Eifer wurde jetzt die kirchliche Ver= sammlung betrieben, welche am 10. März dieses Jahres in dem Städtchen Burtehude stattfinden sollte. Der Erzbischof ließ dazu weitgehende Einladungen ergehen an die „Aebte, Prioren, Pröpste, Dekane, Archidiakonen, Scholastici, Cantores, Custodes, Thesaurarii, Succentores, Sakristani sowohl an der Kathedrale als an den Kollegiatkirchen", sodann an die „Rektoren der Parochialkirche, die Plebane, Viceplebane, Kapellane", ebenso an die Prioren und Guardiane der Klöster, die übrigen Presbyter, Kleriker, Notarien und Libellionen — und zwar nicht nur der eigenen Diözese sondern auch anderer, wohin diese Ausschreiben gelangten. Es wird den Eingeladenen mitgeteilt, daß, wie sie wohl wüßten, ein Augustinermönch ohne seine Erlaubnis sich angemaßt, in seiner Diözese zu predigen, und was noch schlimmer, er bringe unter dem Schein der Frömmigkeit die Irrtümer eines gewissen Martin Luther und anderer Irrlehrer in seinen Predigten vor. Um solchem nach seiner Hirtenpflicht zu wehren, habe der Erzbischof ein Provinzialkonzil auf Dienstag nach Okuli (10. März) d. J. in Burtehude angesetzt. Sie werden aufgefordert, den betreffen=

den Mönch 6 Mal nach Empfang des Schreibens zu zitieren, wie er auch hieburch zitiert werde. Komme er nicht, so werde das Konzil doch gehalten werden. Ein freies Geleit sei ihm zugesichert. Der dazu an Heinrich ausgestellte Geleitsbrief enthält noch eine besondere Einladung auf den angegebenen Tag mit der Weisung, daß ihn am Sonnabend vorher die Geschickten des Erzbischofs in Empfang nehmen würden; es wird ihm ein „frei, stark und vehelich*) Geleite" zugesichert und er aufgefordert „auf die Artikel, so er sich zu prebigen unterstanden, mit ihm bisputieren zu lassen, auf daß er keine Ursach habe, Ausflucht zu nehmen." [29])

So sollte endlich zu Stande kommen, was sowohl Heinrich als seine bremischen Beschützer allezeit begehrt, nämlich eine geistliche Untersuchung. Aber die Art und Weise, wie man damit vorging, mußte doch wieder bedenklich stimmen und zu einer Weigerung führen. Vor allem mußte die Wahl des Ortes auffallen. Nach altem Herkommen war Bremen als die Hauptstadt der offizielle Platz für derartige Versammlungen. Warum wählte der Erzbischof statt dessen das fernab und nahe der Elbe gelegene Städtchen Buxtehude? Und ferner lag allerbings ein Geleitsbrief vor und in demselben war von einem Disputieren mit Heinrich die Rede, aber in dem eigentlichen Einladungsschreiben war von einer Untersuchung gar nichts gesagt, sondern seine Ketzerei einfach vorausgesetzt. Es war klar genug, das Konzil sollte nur formell besiegeln was bereits feststand, es sollte Heinrich für einen Ketzer erklären und den Bremern damit den Vorwand nehmen, ihn zu schützen. Dazu mochten viele dem brutalen Wesen des Erzbischofs auch noch eine Verletzung des Geleites zutrauen. Somit beschloß man, nicht darauf einzugehen, sondern den Mönch in der Stadt zu behalten. Dieser hätte sich bei seinem todesmutigen Wesen schwerlich vor der Reise gefürchtet, denn er wünschte nichts sehnlicher als eine Verantwortung über seine Lehre. Hat er doch in dieser Zeit sowohl den Doktor der Theologie Gerb Brandis am Dome, als auch den Dominikanerprior Hubert in Bremen schriftlich und mündlich ersucht, mit ihm zu bisputieren, ohne daß diese barauf eingegangen waren.[30]) Aber die Art der Einladung mußte auch

---

*) Vehelich ober velich (ein niederbeutsches Wort) = sicher.

ihm die Lust dazu nehmen und ihn den Bitten seiner Freunde, nicht in die Falle zu gehen, Gehör geben lassen. Die Bremer erklären später, sie hätten Bruder Heinrich dazu verbotschaften lassen und ihm Sr. Fürstl. Gnaden Geleitsbrief vorgehalten; er aber habe erwidert, wiewohl er mit Sicherheit genugsam versorgt worden, so wäre er in der zugefertigten Citation schon „gedeponiret", und hielte sich ferner nicht für „pflichtig", nach Buxtehude zu gehen; denn da er hier (in Bremen) offenbar gelehret, so wollte er auch „allhier" seiner Lehre Rede und Bescheid geben, was auch sonst mehr Frucht bringen würde.[31]) Man kann die Richtig- keit dieser Auffassung vielleicht bestreiten, da Heinrich der Ladung des Erzbischofs, in dessen Diözese er predigte, wohl zu folgen haben mochte. Aber hier war die Absicht offenbar: er sollte nur noch feierlich verurteilt und damit vielleicht seiner Wirk- samkeit entzogen werden. Darauf einzugehen, schien ihm nicht erforderlich.

Um aber doch etwas zu thun, schickte Heinrich statt seiner selbst seine Thesen ein. Es geschah das wohl auf Wunsch des Rates, welcher gedeckt sein wollte und darum auch selber die Uebersendung derselben übernahm. Heinrich ließ dabei erklären, er könne wohl leiden, daß man gelehrte Leute über seine Artikel urteilen ließe, und so man einigen Irrtum aus der Schrift in seinen Lehren oder Predigten nachweisen könne (da er doch glaube nur auf Grund der Schrift gepredigt zu haben), könne er Strafe leiden und sei bereit, zu Rechte zu stehen.[32]) Wir kennen diese „Artikel" oder Thesen bereits. Es sind dieselben, mit denen Heinrich seiner Zeit zu Wittenberg seine erste akademische Würde erlangt hatte.[33]) Wie oben (S. 14) ausgeführt, sind sie mehr theologisch und schulmäßig als praktisch gehalten; es wird in ihnen nichts gegen Papst, Bischöfe, Ablaß und sonstiges römisches Un- wesen gesagt, vielmehr wird die Heilslehre in schriftmäßiger Weise erörtert. Eben das mochte den zum Konzil berufenen Geistlichen nicht genehm sein, da sie auf die wissenschaftliche Grundlegung seiner Theologie schwerlich eingehen wollten. Aber Heinrich hatte sich doch hier über die Rechtfertigung durch den Glauben, den Kernpunkt der Reformation, in einer Weise aus- gewiesen, wie es vor Gelehrten geeignet sein mußte.

Ueber den Verlauf dieses Provinzialkonzils zu Buxtehude erfahren wir leider nicht das Mindeste.[34] Es sollte ja, wie die Einladung besagte, gehalten werden, auch wenn der Mönch nicht erscheine. Aber sein Ausbleiben änderte doch die ganze Sache. Mit den eingesandten Thesen werden sich die Herren nicht lange aufgehalten haben. Es war ja klar, viele konnten es bezeugen, daß er wider die römische Kirche gepredigt, und sein Ausbleiben konnte als neuer Beweis dafür gelten. Daher genügte eine einfache Verurteilung, soweit sie überhaupt noch nötig erschien. Vielleicht hat man weiter beschlossen, die Sache genau zu überwachen und die weiteren reformatorischen Regungen mit allen Mitteln niederzuhalten, sowie auch die Bremer mit dem Wormser Edikt bekannt zu machen. Weiteres gegen dieselben zu beschließen, lag außerhalb der Kompetenz dieser kirchlichen Versammlung; es mußte dem Erzbischof überlassen bleiben.

Derselbe mag denn über das Ausbleiben Heinrichs ärgerlich genug gewesen sein. Auch dieser Plan war gescheitert, es blieb kaum etwas übrig als ein Gewaltstreich gegen die Stadt Bremen, und hierzu wurden jetzt wohl neue Pläne entworfen. Einstweilen aber sollten die Widerspenstigen keine Entschuldigung haben. Hatten die Bremer am 11. Dez. 1522 erklärt, daß ihnen das Wormser Edikt gegen Luther und seine Anhänger unbekannt sei, so ließ nun Christoph dasselbe nebst der päpstlichen Bulle an der Domkirche und später auch am Rathause anheften. Zugleich ließ er die Bremer aufs neue warnen, sich doch vor ketzerischer Lehre zu hüten und die päpstlichen und kaiserlichen Drohungen zu beherzigen.[35]

Auf die Bremer konnte das Alles nicht ohne Eindruck bleiben. Sie fühlten ihre exponierte Lage und machten sich die Folgen klar. Es fragte sich jetzt, ob die anfängliche Begeisterung für Heinrichs Lehre noch stark genug sei, auch gegen etwaige kriegerische Maßnahmen auszureichen. Der Rat bedurfte dazu einer Erklärung der Bürger und versammelte daher am 24. März die „Sorten", d. h. einen Ausschuß aus den Handel- und Gewerbetreibenden. Diesen stellte Bürgermeister Johann Trupe vor, der Erzbischof habe die päpstlichen und kaiserlichen Bullen anschlagen lassen, in welchen Martin Luther als Ketzer verdammt, aber ebenso auch

56

alle die ihm beipflichteten, feine Schriften läfen und hörten, in Bann und Acht gethan würden; ferner: Bruder Heinrich fei nach Buxtehube zitiert, und da er ausgeblieben, habe der gnädige Herr die Bremer warnen laffen. Hierüber wünfche der Rat die Meinung der Bürger zu vernehmen. Der Wortführer derfelben, Aeltermann Berend Velthufen, antwortete darauf im Namen Aller: die Bürger wünfchten Bruder Heinrich zu behalten, fo lange er nicht, mit göttlichen Schriften überwunden, als ein Ketzer verdammt worden fei. Hieran knüpfen fie den Wunfch, der Rat folle allen Predigern fagen laffen, auch Bruder Heinrich, daß fie ihr unnützes Schelten auf einander fahren ließen und dafür das heilige Evangelium nach göttlicher Schrift verkündigten. Auch verlangte man, die Geiftlichen follten die Stadtlaften mittragen, und redete in gering- fchätzigem Tone von den Mönchen, ihrem Wertlegen auf gute Werke u. f. w. Es war klar, die Bürger hielten an Heinrich feft. Der Rat konnte fich bei den folgenden Verhandlungen auf diefen ausgefprochenen Wunfch beziehen. In diefer feften Pofition wurden die Gemüter beftärkt durch die Verhandlungen und Ergebniffe des damaligen Reichstages zu Nürnberg (1522/23). Hier mußten die Stände es ja in Abwefenheit des Kaifers durchzufetzen, daß zur Klarftellung der chriftlichen Wahrheit ein freies Konzilium in einer deutfchen Stadt begehrt wurde und daß bis dahin das heilige Evangelium nach den von der Kirche angenommenen Schriften gelehrt werden dürfe.³⁶) Es war damit das Wormfer Edikt faktifch aufgehoben, die Predigt des Evangeliums gewann auf einmal eine rechtliche Stütze. Freilich fragte fich fehr, ob der Kaifer es dabei laffen werde, und ob die kleinen dem Evangelium zugeneigten Gebiete ihren Willen gegen die über fie regierenden widerftrebenden Reichsfürften durchzufetzen vermöchten.

Der Bremer Rat war dazu entfchloffen. Er zeigte es in einer dem Erzbifchof gegebenen neuen Erklärung. Am 21. Mai 1523 nämlich fand wieder eine Zufammenkunft ftatt, und zwar in dem Orte Achim zwifchen zwei erzbifchöflichen Räten und zwei Gliedern der ftädtifchen Regierung.³⁷) Hier gaben die letzteren die Antwort: auf dem Reichstage zu Nürnberg hätten der römifche König, die Kurfürften und Fürften des Reichs dem Papfte erklärt, man wolle Luthers Lehre beftehen laffen bis zu

einem Konzile. Demgemäß gedenke auch der Rat den Mönch
predigen zu lassen und gegen ungerechten Ueberfall zu schützen;
gern sei man bereit, seine Sache untersuchen zu lassen, doch möge
das in Bremen selbst geschehen. Bürgermeister von Büren kann
es dabei nicht unterlassen, dem Erzbischof noch eine bittere Pille
zu geben, indem er bemerkt, daß der Mordbrenner Wolbenhusen bei
ihm in besserer Gunst zu stehen scheine als fromme Leute.*)

Während nun dieser, um sicherer zum Ziele zu kommen, auf
ernste Maßregeln sann und verschiedene Verbindungen anknüpfte,
wurden die Bremer noch einmal durch einen Vermittler gewarnt.
Es war diesmal der Bürgermeister von Stade, Nikolaus von der
Decken, der, nach Ablauf einiger Monate (am 10. August), mit
Büren zu Basbahl zusammenkam.[38]) Er teilte dem letzteren mit,
der Erzbischof sei sehr erzürnt und werde dazu von seinem Bruder
und seinen Vettern angereizt, er solle sich die Schmach, daß man
ihm den Mönch vorenthalte, nicht gefallen lassen: ferner stehe
derselbe mit dem alten sowie mit dem neuen Könige von Dänemark in Bündnis und sei wohl im Stande die Bremer zu zwingen.
Auch wisse er von ihrer hiesigen Unterredung, und es sei daher
wünschenswert, sich nachgiebig zu erweisen. Der Bremer Bürgermeister aber erwidert mit gewohnter Festigkeit, seine Mitbürger
wollten sich ihr gutes Recht, Jemanden zu schützen, nicht nehmen
lassen und könnten darin nicht eine Beleidigung ihres Landesfürsten erblicken, da der Nachweis der Ketzerei ihres Schützlings
noch ausstehe; der Mönch sei bereit, Jedermann, hoch oder niedrig,
guten Bescheid von seiner Lehre zu geben, und werde ihm nur
ein Wort nachgewiesen, welches er der heiligen Schrift zuwider
gelehrt, so wolle er's tausendmal widerrufen; auch habe er noch
gestern Abend sich vor dem sitzenden Rate im Beisein des Priors
und des Guardians**), sowie zweier anderer Mönche zu einer Disputation oder brüderlichen Unterredung erboten, wie auch schon früher den Doktor der Theologie am Dom sowie den Prior schriftlich

---

*) Es scheint, als ob dieser, uns sonst unbekannte, Unhold entweder
von den erzbischöflichen Gerichten sehr milde behandelt, oder gar für Kriegs-
züge in Dienst genommen worden sei.

**) Der „Prior" war Vorsteher des Dominikanerklosters, der „Guardian"
des Franziskanerklosters.

und mündlich dazu aufgefordert (s. S. 53), aber immer ohne Erfolg.
Büren setzt hinzu, es seien von Kurfürsten und Reichsständen
jetzt Briefe da, wie man mit den neuen Predigern verfahren
sollte, und darnach sei der Rat erbötig sich zu verständigen. Es
sind damit die Nürnberger Reichsbeschlüsse gemeint. Der Bremer
Bürgermeister bemerkt schließlich mit Nachdruck, wenn doch die
Kurfürsten und andere Reichsfürsten solche Prediger zuließen, so
könnte es auch wohl der Erzbischof erlauben. Hiergegen ließ sich
nichts wesentliches sagen. Die beiden Bürgermeister kamen über-
ein, der Rat von Bremen solle an den von Stade und von
Burtehude schreiben und durch diese den Erzbischof ersuchen, die
Entschuldigung der Bremer „gnädigen Willens" anzunehmen.

So gut das gemeint war, und denn auch zur Ausführung
kam[30]), so wußte man recht wohl, daß wenig damit ausgerichtet
werde. Bei seiner bekannten Gesinnung war an eine Nachgiebigkeit des Erzbischofs nicht zu denken. Die Sache war schließlich
eine Machtfrage. Wo die römische Kirche vermochte, griff sie
rücksichtslos durch. Eben in diesem Sommer geschah jene Verbrennung der Augustiner in Brüssel, von welcher Luthers Lied
die Kunde verbreitete, und andere Exekutionen sollten bald folgen.
Der Erzbischof trat damals in engere Verbindung mit seinen braun-
schweigischen Verwandten und dem Dänenkönige. Beunruhigende
Gerüchte kamen darüber nach der Stadt. Es hieß, derselbe habe
eine große und mächtige Rüstung gethan und nach dem Stifte
Reiter und Knechte versammelt, um demnächst einzubringen. Man
wollte einzelne sogar schon im St. Pauli-Kloster gesehen haben.
Nach anderer Nachricht sollte auch der Hochmeister von Preußen
mit 1000 Mann heranziehen.[40]) Die Bremer waren in großer
Erregung, und mochte auch manches sich nachher als übertrieben
ausweisen, eine drohende Wetterwolke zog jedenfalls am Himmel
auf. Es galt vor allem, die Stadt in der richtigen Befestigung
zu erhalten. Man hatte dazu schon 1522 auf dem linken Weser-
ufer, der Stadt gegenüber, ein mächtiges Kastell, hernach die
„Braut" genannt, zu erbauen angefangen, und beschloß nun ein
zweites am westlichen Stadtrande, den „Bräutigam", dazu zu errichten. Stadtgraben und Stadtmauern wurden an verschiedenen
Stellen verbessert, die Gärten und Bäume um die Stadt herum von

ben Bürgern meistens zerstört. Aber alles das schien nicht zu genügen, so lange im Osten vor der Stadtmauer sich das oben genannte St. Pauli-Kloster erhob. Diese alte Benediktinerabtei lag
auf einem (später abgetragenen) Hügel in hoher, festungsartiger
Gestalt seit etwa 400 Jahren da; reich an Grundbesitz und anderen
Schätzen, aber völlig arm an irgend einer geistigen Bedeutung,
führten die Mönche in demselben ein behagliches Dasein. Mit
der Stadt standen sie meistens in gutem Einvernehmen um des
lieben Friedens willen. Allein die Lage des Klosters war darum
den Städtern doch ein Dorn im Auge, vor allem bei der jetzigen
Vervollkommnung der Kriegswaffen. Man hatte ihm gegenüber
zwar vor kurzem den großen Zwinger am Osterthore gebaut
(1514), ohne indessen die Gefahr damit aufheben zu können.
Und jetzt wo eine ernstliche Belagerung der Stadt bevorzustehen
schien, mußte da nicht das Kloster dem Feinde den besten Stütz-
punkt gewähren? War nicht ein ernstlicher Handstreich wider dasselbe geboten?

Dem Rat kam bei diesen Erwägungen eine höchst will-
kommene Hilfe. Im Kloster selber hatte man schon Aehnliches
erwogen und mochte vielleicht noch genauer von den feindlichen
Plänen wissen. Und niemand hatte hier Lust zu solcher Ein-
quartierung und voraussichtlicher Beschießung. Aus den späteren
Verhandlungen geht klar hervor, daß kein anderer als der Kloster-
abt Heinrich Junge selbst dem Bremer Rate den Gedanken ein-
gegeben, das Gebäude abzubrechen und ihm dafür zu einem
anderen, in der Stadt zu errichtenden zu verhelfen. Der Abt erlangte hierzu sogar die Erlaubnis vom Generalkomitee seines
Ordens, während der Erzbischof hiervon zunächst nichts erfuhr.
Es gehörte nun zwar eine starke Borniertheit dazu, bei dem mächtigen Wellenschlage der reformatorischen Bewegung und bei der
Haltung der Bremer an ein neu zu erbauendes Kloster in der
Stadt zu denken, allein gerade in einer behaglichen Benediktiner-
seele konnten solche naive Gedanken noch Wurzel fassen. Der Plan
ging darauf hin, die Mönche sollten ganz in der Stille alle Kost-
barkeiten und sämtliches Gerät in die Stadt schaffen, wo ihnen
das Domkapitel vorläufig das Wilhadi-Schlafhaus beim Dome
einräumte, während den Bremern dann überlassen bleiben sollte,

mit den leergelassenen Mauern nach Gutdünken zu verfahren. So geschah es denn auch, wahrscheinlich seit Mitte August 1523.[40]) Doch wollte der Bremer Rat nicht gern das Odium einer Kloster= zerstörung auf sich selber nehmen. Als daher die Räumung vor sich gegangen war, inscenierte man eine Art von Volksauflauf. Zwei der Bürgermeister erschienen eines Tages mit dem Abte auf dem Marktplatze und fragten einen Bürger, ob er nicht Rat wisse, das Kloster St. Pauli niederzubrechen, wie der Abt selber gewünscht. Dieser verstand alsbald die Meinung, bejahte es und rief alle auf dem Markte anwesenden Männer hierzu zusammen; man eilte nach Haus, bewaffnete sich mit allem möglichen Gerät und stürmte zum Hügel hinauf. Alles war hier ausgeräumt, so= gar die Fensterläden. Es mußte nur das mächtige Mauerwerk zerstört werden, und daran wurde nun und in den folgenden Tagen und Wochen rüstig gearbeitet. Zwar war die Arbeit erst nach Jahresfrist und darüber wirklich vollendet, und dann ward auch der ganze Hügel abgetragen und dem Boden gleichgemacht, aber auch schon jetzt hatte man den Plan des Feindes vereitelt. An eine Belagerung und Eroberung Bremens zu denken, schien jetzt Thorheit zu sein. Die Stadt hatte sich rechtzeitig sicher gestellt.

Freilich wollte es dem Rate nicht gelingen, die Wendung, welche er der Sache gegeben, als ob's aus einem Volksauflauf ge= schehen und nur zur militärischen Sicherheit der Stadt unternommen wäre, durchzuführen. Die Feinde durchschauten die Sache und fühlten die reformatorische Bedeutung derselben. Es hieß, Hein= rich von Zütphen habe in seinen Predigten die Bürger dazu auf= gereizt[42]), und diese hätten vom Rate dazu Auftrag empfangen. Ersterer hatte nun freilich gar nichts dazu gethan, aber seine Reden hatten doch die ganze Situation geschaffen, und Einsichtige konnten erkennen, daß man dabei nicht stehen bleiben würde. Kamen doch auch in der Stadt verschiedene Bilderstürmereien vor, die sich frei= lich auf einzelne Thaten beschränkten.[43]) Hierüber ging denn auch jenem Benediktinerabte endlich ein Licht auf. In seiner Vertrauens= seligkeit hatte er anfangs mit dem Rate (unter Zuziehung mehrerer auswärtiger Aebte) über einen neuen Klosterplatz in der Stadt verhandelt und sich verschiedene Stellen, u. A. das Beginenhaus bei St. Ansgarii mit der Nikolaikirche anweisen lassen. Bald aber

erkannte er die Situation, brach die Verhandlungen ab und zog
verstimmt und in bitterer Reue über den ganzen Vorfall von
dannen. Die Bremer waren damit aus einer peinlichen Verlegenheit befreit. Denn wurde der Abt nun auch ihr unermüd-
licher Ankläger und bitterster Feind, man hatte doch nicht mehr
nötig, ein Kloster in der Stadt bauen zu lassen, und durfte die
Veranlassung zu jener Klosterzerstörung mit Wahrheit als sein
Werk bezeichnen.

Inzwischen wirkte diese That erhebend und ermutigend auf
die Bürger ein und ließ sie eine weitere Durchführung des Re-
formationswerkes wünschen. Es muß um diese Zeit gewesen sein,
daß der Rat, wahrscheinlich ihrem Drängen nachgebend, einen
weiteren Schritt that. Um nicht selber für alles verantwortlich
zu sein, veranlaßte er die Bürger, eine Kommission von zehn
Männern aus ihrer Mitte zu wählen, die er dann bestätigte.⁴⁴)
Sie sollten recht eigentlich die Sache in die Hand nehmen, die
Mißbräuche konstatieren, mit den geistlichen Behörden unter-
handeln und Vorschläge zur Abhilfe machen. Unter den Ge-
wählten finden wir die Namen von Evert Speckhan und Johann
Hilmers wieder, Männern, die Heinrich zu seinem ersten Auftreten
veranlaßt hatten, sodann den Lohgerber Hinrich Volmers, einen
der Hauptthäter bei der Zerstörung von St. Pauli u. s. w. — also
lauter thatkräftige, reformeifrige Bürger. Diese gingen auch
energisch ans Werk. Vor allem wandten sie sich an die beiden
noch vorhandenen Klöster in der Stadt. In diesen wurde eine
feindliche Stimmung genährt, insbesondere im Katharinenkloster
bei den Dominikanern erschollen die heftigsten Predigten gegen
die Neuerungen. Die Bürger verlangten nun eine ernstliche Ab-
stellung solcher Feindschaft und werden nicht ermangelt haben,
unter Hinweisung auf die Benediktinerabtei daran zu erinnern,
daß man sich hier schutzlos in den Händen der Bürger befinde.
Ohne Eindruck ist das gewiß nicht geblieben, obwohl bald hernach noch energischere Schritte not thaten. Sobann wandten
sich jene mehrfach an die Priester der beiden städtischen Kirchen
U. L. Frauen und St. Martini, und forderten dieselben energisch
auf, ihren Kirchspielleuten das Evangelium zu predigen. Natürlich war an einen Erfolg auch hier nicht so bald zu denken.

Die Kirchherren standen unter dem Dompropst und konnten sich
darauf berufen, von diesem keine Anweisung dazu erhalten zu
haben. Die Bürger gingen infolge dessen weiter und legten dem
Dompropst drei Forderungen vor: 1) er möge ihnen doch treue
Prediger geben, die das heilige Evangelium predigten, 2) er
möge gestatten, die Kinder auf deutsch zu taufen*), 3) er möge
denjenigen, die das hochwürdige Sakrament unter beiderlei Gestalt begehrten, dasselbe also reichen lassen. Franz Gramble
wies die Petenten ab; er erklärte ihnen, weil die zwei letzten
Punkte wider den Gebrauch der heiligen Kirche seien, so könne
er ohne Rücksprache mit dem Erzbischof nichts bewilligen. Daß
aber solche Rücksprache zu nichts führen werde, wußten die Bremer
ebenso gut, wie er selber. Noch zweimal erschienen in ge-
messenen Zeiträumen die Bürger auf der Propstei wiederum mit
ihrem Begehren. Aber die Antwort war keine andere. So entschlossen sie sich denn auf Heinrichs Betrieb zur Selbsthilfe.

Doch blicken wir zuvor wieder auf diesen, den Reformator
Bremens, hin. Bei dem energischen Auftreten der Bürger und
dem klugen Verfahren des Rates konnte er in seinem Wirken
ungehindert fortfahren. Immer klarer legte er den Bremern die
evangelische Heilswahrheit dar, und immer tiefer faßte sie in
deren Herzen Wurzel. Es war keine fanatische, wutweckende
Rede, die in der St. Ansgariikapelle von seinen Lippen erscholl,
sondern ein besonnenes, kräftiges Zeugnis, aber dasselbe ließ
in einen Abgrund von Menschentrug und Menschenwahn hinein-
blicken, welcher bisher die einfache Heilslehre bedeckt hatte., Darum
waren es auch keine leidenschaftlichen und unbesonnenen Entschlüsse,
die damit geweckt wurden, wohl aber tiefe Ueberzeugungen bei
Hoch und Niedrig. Man konnte mit Sicherheit voraussagen, daß
die Bürger nach solcher Verkündigung des Evangeliums zu den
verlassenen Satzungen der römischen Kirche nicht wieder zurück-
kehren würden. Auch fehlte es dem Zütphener nicht an besonderen
Erfolgen, nämlich an Sinnesänderungen geschworener Feinde. Wir
hörten bereits, daß die feindlichen Geistlichen täglich ihre Spione

---

*) Eine Forderung, die Luther in seinem grade jetzt (1523) erschienenen
Taufbüchlein geltend machte.

in Heinrichs Predigten schickten, um ihn auszuhorchen, und daraus
Material zu seiner Anklage zu liefern. Es waren das sogenannte
Vikarien und Kapläne, die etwa in Verkleidung sich unter die
Menge gemischt haben mögen. An diesen (so erzählt der Bericht
bei Luther und den Chroniken) bewies nun Gott seine Wunder,
indem viele von ihnen Heinrichs Lehren vor ihren Absendern
als recht bekannten; sie erklärten, solches ihr Lebenlang nicht
gehört zu haben, und baten dringend, das Wort Gottes doch
nicht zu verfolgen. Auch anderweitig hören wir von derartigen Wirkungen. Gerade die beiden Klöster, die sich so feindlich stellten, lieferten verschiedene Bekehrte. Es heißt, um diese
Zeit hätten viele den Orden des Dominikus und des Franziskus
verlassen und seien in den Orden Jesu Christi eingetreten; sie
hätten dabei „ihr Habit" verändert, sich in die Zeit geschickt und
das göttliche Wort gepredigt.[45]) Mochten das in Wirklichkeit
auch nur einzelne gewesen sein, es war doch von großer Bedeutung, daß auch diese beiden Burgen des Papismus nicht
mehr Sicherheit boten gegen die um sich greifende Reformation.
So ging das Jahr 1523 zu Ende. Es hatte, von außen
betrachtet, wohl noch ziemlich geringe reformatorische Erfolge
aufzuweisen. Um so größer waren die wirklichen Ergebnisse.
Die ganze Bürgerschaft war interessiert, ja erfüllt vom Evangelium. Und hierbei konnte es nicht bleiben. Die Ruinen der
zerstörten Benediktinerabtei waren wie eine Weissagung, daß
über kurz oder lang das ganze römische Kirchentum in Bremen
zusammenbrechen werde.

––––––––––

Auch das neue Jahr 1524 sollte es freilich hierzu noch
nicht bringen. Aber man schritt rüstig weiter auf der betretenen
Bahn, und in der That geschahen wichtige Ereignisse genug,
welche die stetigen Fortschritte des Evangeliums in Bremen be-
kundeten.
Vor allem sollte es jetzt zur Anstellung von neuen
Predigern kommen. Es war schon lange klar, daß die eine
Verkündigung in der kleinen St. Ansgariikapelle nicht genügen
konnte. Das Bedürfnis war in der ganzen Stadt erwacht, man

begehrte auch in andern Gemeinden davon zu hören. Die zehn
Männer hatten in der Richtung Hilfe zu bringen versucht, aber,
wie wir sehen, vergebens. Auch der Uebertritt einiger Kapläne
und Mönche konnte hier nicht helfen; denn so bereit diese waren,
von der neuen Lehre zu predigen, so hatten sie doch noch zu
wenig davon gelernt, als daß sie's vermocht hätten.*) Es galt
darum, andere Männer nach Bremen zu berufen und sich dazu
nach Wittenberg zu wenden. Heinrich hatte hierfür in erster
Linie einen Mann im Auge, der ihm schon länger als Herzens-
freund, Landsmann und Ordensbruder nahegestanden. Es war
der bereits mehrfach erwähnte Jakob Probst aus Ypern. Dieser
hatte ein ernstes Lebensschicksal hinter sich. Nach seiner Flucht
aus den Niederlanden (oben S. 26) hatte er in Wittenberg wieder
die freundlichste Aufnahme gefunden, besonders bei Luther, der
große Stücke auf ihn hielt und ihm bis zum Lebensende befreundet blieb. Er trat hier aus dem Orden, verheiratete sich
(1523) und lebte sich tiefer in die evangelische Heilswahrheit
ein, gewiß voll Verlangen, irgend ein ihm zusagendes Amt zu
übernehmen. Schon damals, als Heinrich von Zütphen nach
Bremen gekommen, hatte er an Probst geschrieben: „Ich hoffe,
daß auch du, liebster Jakob, zum Dienst am Evangelium berufen
wirst" (29. Nov. 1522). Damals konnte Heinrich noch nicht daran
denken, ihn nach Bremen zu ziehen. Jetzt durfte dieser Herzens-
wunsch sich erfüllen. Die Bremer gingen sofort auf seinen Vorschlag ein, und die Unterhandlungen waren bald fertig. So
kam Jakob Probst, es mochte im Mai 1524 sein, nach Bremen,
und zwar, zum Entsetzen der Geistlichkeit, mit seiner Hausfrau.
Man hatte ihm an der U. L. Frauenkirche, die als die eigentliche
Ratskirche galt, eine Anstellung bereitet, nachdem, wie die Bremer
sich später beklagen, der dortige Kirchherr Heinrich Stange sich
wiederholt geweigert hatte, das Evangelium zu predigen.⁴⁰) Ueberhaupt hätte der letztere, so lautet die Klage der Bremer weiter,
sich im Dome und gar nicht bei seiner Kirche aufgehalten und
wäre dann „ohne Drängen" von derselben ganz geschieden. Von

---

*) Wir hören hernach nur von einem dieser übergetretenen Priester,
daß er hier evangelischer Stadtgeistlicher geworden, nämlich Ludolf Stunnenberg an St. Martini (1525—1561).

den Unterpriestern oder „Mercenarien" konnte man nichts erwarten. So griff, auf Veranlassung der zehn Männer, die Kirchspielsgemeinde durch und wählte Jakob Probst zu ihrem Prediger, was der Rat dann bestätigte.*) Man ging dabei vorsichtig zu Werke, indem die Rechte und Einkünfte des Kirchherrn unangetastet gelassen und anderweitig für den neuen Prediger gesorgt wurde. Diesem stand nun eine weite Kirche, nicht wie Heinrich nur eine kleinere Kapelle, zu Gebote. Die Bremer werden auch bald erkannt haben, wie viel sie an ihm hatten. Probst besaß nicht den Feuereifer und die Schärfe seines Zütphener Freundes, er war eine ruhige und überlegsame Natur; aber er hatte dafür etwas Gediegenes und Würdevolles, das ihm Jedermanns Vertrauen erwarb und ihn als gebornen Führer erscheinen ließ. Hernach ist er bis 1560 erster Bremischer Superintendent gewesen.

Bald nach Probst kam noch ein zweiter Prediger des Evangeliums nach Bremen, Johann Timann von Amsterdam. Auch dieser Landsmann von Heinrich ist sicher durch seine Vermittlung herangezogen worden. Timanns Vorleben ist uns unbekannt; als ein Ordensbruder wird er nicht erwähnt, doch kam er zweifellos auch über Wittenberg hierher. Man hatte ihm einen Platz an der St. Martinikirche ersehen. Hier lagen die Verhältnisse ähnlich wie zu U. L. Frauen. Der eigentliche Kirchherr wohnte zu Rom und verzehrte dort seine Einkünfte; sein Stellvertreter wich dem Drängen nach Verkündigung des Evangeliums aus und zog sich zurück. So ward auch hier, bei fortgesetzter Weigerung des Dompropstes, etwas für das Seelenheil des Volkes zu thun, eine Wahl von Seiten der Gemeinde veranstaltet, welche Timann zum ersten evangelischen Prediger machte. Derselbe stand anfangs gegen Probst zurück, bald aber erschien er vielen als der tüchtigere; vor allem besaß er größere Energie, die er jetzt gegen Rom (hernach aber nicht minder gegen den Melanchthonianer Harbenberg) geltend machte, während es ihm etwas

---

*) Luther berichtet das Ereignis hocherfreut an Spalatin (11. Mai 1524): „Die Bremer schreiten vorwärts im Worte, also daß sie schon unsern Jakobus von Ypern als Prediger an eine zweite Kirche berufen."⁴)

an der Besonnenheit seines Freundes gebracht. Als Hauptver=
fasser der ersten Bremischen Kirchenordnung hat er sich ein bleiben=
des Denkmal gesetzt.[48])

So wirkten jetzt drei Männer in Bremen für die Refor=
mation. Die von Heinrich ausgestreute Saat begann empor=
zuwachsen.

Mit peinlichen Gefühlen muß hiervon der Erzbischof ver=
nommen haben. Ueber Heinrichs Ketzerei hatte er jetzt das ge=
naueste Material in den Händen, da ihm in eben diesem Jahre
(1524) das Aktenstück, dessen wir oben gedachten, durch seinen
Official überreicht wurde, wodurch er eine genaue Aufzeichnung
der von den Spionen überlieferten anstößigen Sätze aus Hein=
richs Predigten erhielt. Damit war der Beweis seiner Schuld
viel besser zu führen, als mit den Lehrsätzen seiner nach Burte=
hude gesandten Thesen. Aber was half's jetzt noch? Die Bremer
waren weder durch Verhandlungen, noch durch Waffen zu be=
zwingen. Es mußten günstigere Zeiten abgewartet werden. Aber
wichtig erschien es doch, das Feuer zu lokalisieren und seiner
Ausbreitung vorzubeugen. Wir hören deshalb, daß Christoph
um diese Zeit (Montags nach Jubilate d. J.) mit der Geistlich=
keit zu Verden und zu Minden ein Bündnis abschloß, wonach
alle sich feierlich verpflichteten, die Lehre Luthers nicht anzu=
nehmen.[49]) Gleich danach (Donnerstag nach Cantate*) erging
von ihm ein Schreiben an alle seine geistlichen und weltlichen
Unterthanen, „wes Wesens oder Standes sie seien." In dem=
selben wird ausgeführt, daß ihnen wohlbekannt sei, welche Be=
fehle Papst und Kaiser gegen Luther und seine Anhänger er=
lassen; hiernach habe er sich stets zu handeln bemüht, aber von
anderer Seite sei das nicht geschehen, und das könne er nun
nicht länger ansehen, sondern werde es „gepürlich" strafen. „Da=
nach sich ein jeder zu richten und vor Schaden zu bewahren.[50])

Wie ganz anders hätten solche Hirtenbriefe noch wirken
können, wären sie statt in solchem drohenden Tone in freund=
licher Ermahnung und christlichem Sinne gehalten gewesen. Und
wäre Christoph nur selber beliebter gewesen! Aber sein rohes,

---

*) 28. April 1524.

wüstes und ungeistliches Wesen entfremdete ihm je mehr und
mehr die Herzen. Ließ er doch gerade in diesem Jahre, wegen
Geldverlegenheit, aus verschiedenen Kirchen des Verdener Stiftes
das Silbergerät rauben, vor allem aus der reichen Kirche zu
Wittelohe, wobei seine Knechte verschiedene Rohheiten begingen,
z. B. in dem genannten Orte den Widerstand leistenden Priester
verwundeten.[51]) Unter solchen Umständen war's nicht zu ver-
wundern, wenn man in beiden Stiften mit Verlangen der Reformation entgegensah und wenig Lust hatte, einem solchen Oberhirten gegen die Bremer beizustehen.

Die letzteren aber fühlten sich in ihrer Position gestärkt und
hielten es für angemessen, dem Erzbischof auf seinen Hirtenbrief
eine Erwiderung einzuschicken.[52]) Darin bemerkten sie, es sei ihnen
nicht bewußt, daß in ihrer Stadt wider die päpstlichen und
kaiserlichen Mandate geprebigt werde; da er aber in seinem
Schreiben wohl auf Bruder Heinrich hinziele, so hätten sie diesem
die betr. Mandate zugestellt und von ihm eine schriftliche Erklärung
darüber erhalten, welche sie beilegten.*) Was nun insonderheit
das Wormser Mandat betreffe, so sei dasselbe doch nach dem
seither erschienenen Nürnberger zu erklären; in diesem aber befinde
sich ein Artikel, welcher die geistlichen Fürsten anhalte, die Predigt
des Evangeliums nach heiliger Schrift zu betreiben, nicht aber
die Wahrheit zu hindern und zu unterdrücken. Wolle der Erzbischof sich danach richten, so wäre mit ihnen bald eine Ver-
ständigung geschehen; wo aber nicht, so glaubten sie sich ihrerseits jedenfalls keiner Strafe zu versehen. Es scheint, als ob
Christoph sich hierauf bereit erklärt habe, Bremen mit christlichen
Predigern zu versorgen, falls sie nur Bruder Heinrich und die
„anderen Prädikanten" gehen ließen. Natürlich ging man nicht
in diese Falle.

Um diese Zeit erschien vielmehr ein Durchgreifen im reformatorischen Interesse nötig. Wie bereits bemerkt, bildeten die zwei
städtischen Klöster die Hauptherbe der Feindschaft. Vor allem
im Kloster der „schwarzen Mönche", d. h. der Dominikaner, wurde

---

*) Dieselbe ist nicht mehr vorhanden.

heftig gegen die Neuerungen geeifert und dabei in maßlosen und
unbesonnenen Ausdrücken das Wort Gottes selber angegriffen.
Man hörte hier aus dem Munde des Priors Hubert Gerhard,
des Lehrmeisters Albert Ahrens und zweier anderer Brüder bitter-
böse Predigten. Vergebens wurde diesen Leuten durch die zehn
Männer wie auch ratsseitig geboten, sich der aufreizenden und
gottlosen Worte zu enthalten, vergebens ließ Heinrich sie wiederholt zu einer öffentlichen oder privaten Unterredung einladen.
Als Alles nicht half, entschloß sich der Rat, die vier Renitenten
aus der Stadt zu entfernen. Es war das eine That, die freilich
den gewünschten Erfolg hatte, aber auch viel böses Blut setzte,
obwohl man sie vorausgesehen.*) Auch im Franziskanerkloster
kamen Unruhen vor. Hier waren es zwei fremde Brüder, der
Guardian und ein anderer Minoritenmönch aus Celle, welche
gegen die Reformation predigten und mit den Bürgern disputierten.
Es wäre dabei fast zu Gewaltthätigkeiten gekommen. Nur die
Rücksicht auf die Herzogin zu Celle (die Mutter des evangelischen
Herzogs und Schwester der sächsischen Kurfürsten Friedrich und
Johann) hielt die erregten Bürger davon ab, die Unruhestifter
„mit Malen auf die Backen gebrannt" wieder heimzuschicken.⁵⁵)
Als dieselben sich wieder verzogen, trat auch hier Ruhe ein. Die
Stadt hatte in der Folge von Innen her keinen Widerstand mehr
zu erfahren.

Um so ernstlicher aber schien von Außen wieder die Gefahr
zu drohen. Es war dem Erzbischof gelungen, 8000 Landsknechte
anzuwerben, die er zwar nicht gegen das wohlbeschirmte Bremen,
sondern gegen die abtrünnigen Wurster (oder Wurstfriesen) an
der Unterweser zu senden gedachte. Dies kraftvolle Völkchen war
schon früher (1516 und 1518) von ihm bekriegt und unterjocht
worden. Jetzt hatte es wieder die Fahne der Freiheit erhoben
und Christophs Gesandten ermordet. Der Zug gegen sie geschah
im Sommer 1524. Die eingefallenen Truppen waren siegreich,
700 Wurster wurden erschlagen, grauenvoll war das Morden und

---

*) Die Mönche hatten, in Nachahmung der Benediktiner, schon vorher,
wohl in Erwartung einer Aufhebung ihres ganzen Klosters, Geld, Kleinobien
und Papiere weggeschafft.⁵⁴)

Plündern (das man schon damals mit dem der „Türcken und Ruſſen" verglich[55])), die Glocken führte man aus den Kirchen und verſchenkte ſie. Auch das benachbarte Land Hadeln mußte mit darunter leiden.*) Dieſer militäriſche Erfolg gab dem Landesherrn neues Hochgefühl. Während die Landsknechte noch im Felde ſtanden, wurde wieder mit den Bremern verhandelt, und dieſe fanden bei den übrigen Stiftsvertretern keinen Bei= ſtand, ſondern erklärten ſich ſchließlich bereit, ein Schiedsgericht aus den Städten Lübeck, Hamburg und Lüneburg berufen zu laſſen, welches die ſtreitigen Punkte zwiſchen Stadt und Biſchof entſcheiden ſolle. Der inzwiſchen aber errungene völlige Sieg ließ den Letzteren hiervon wieder abſehen und noch gewichtiger auftreten. Statt des Schiedsgerichts wurde am 1. September ein neuer Landtag zu Basbahl verſammelt, an welchem des Erz= biſchofs Bruder, Herzog Heinz, teilnahm, um den Eindruck zu verſtärken.[56]) Hier kamen die viel verhandelten Punkte in er= neuter Geſtalt wieder zur Sprache, vor allem die Anſtellung des „Hinrich von Sudvelde" als Prediger, der Abbruch des Paulskloſters und außer anderen kleineren Punkten auch die Ausweiſung der Mönche von St. Catharinen. Es iſt intereſſant zu leſen, wie feſt und würdig die Bremer, vertreten durch einige Ratsglieder, ſich hierbei verteidigen. An ihrem Auftreten ſpürt man jetzt den Geiſt und Sinn ihres Reformators, denn ſtatt der ſonſtigen diplomatiſchen und politiſchen Winkelzüge ſtellen ſie ſich vor allem auf den Standpunkt des chriſtlichen Gewiſſens. Es handle ſich (ſo laſſen ſich kurz ihre Worte zuſammenfaſſen) um ihrer Seelen Seligkeit, und da müßten Chriſten das Recht haben, Prediger zu verlangen, welche ihnen aus Gottes Wort den Weg zur Seligkeit zeigten, während ſie vor falſchen Hirten nach Chriſti Mahnung ſich zu hüten hätten. Hiernach wäre ihrerſeits gehandelt und dabei glaubten ſie im Rechte zu ſein. — Die Gegner hüteten ſich wohl, den Bremern auf dies Gebiet zu folgen. Man bemerkte,

*) Auf dieſen Sieg über die Wurſtfrieſen beziehen wir das Wort Luthers im Brief an H. v. Z. vom 1. Sept. 1524 (ſ. unten): „Und daß euer Bremer (nämlich der Erzbiſchof) in Friesland durchgedrungen iſt, hörten wir." — Uebri= gens hat ſich 1525 das kriegeriſche Völklein ſchon wieder gegen den Erz= biſchof erhoben.

die Sache solle gut sein, falls die Stadt Heinrich aus ihrem Schutz lasse und für die Zerstörung des Klosters 100,000 Gulden zahle (welche Summe vielleicht noch· gemäßigt werden könne), wofür man von den übrigen Punkten absehen wolle. Aber so drohend die Dinge für den Augenblick lagen, die Bremer Abgeordneten wichen keinen Finger breit, sondern verlangten zunächst Heinrichs wirkliche Widerlegung. Die Verhandlungen führten nicht weiter, als daß die Bremer versprachen, bis zum 5. September dem Erzbischof ihre Schlußantwort nach Vörde einzuschicken. Selbstverständlich war diese wieder ablehnend, aber man kam jetzt gegenseitig auf den Gedanken eines Schiedsgerichts zurück, welchem auch der Herzog Heinz angehören sollte. Dasselbe ist denn auch nach Jahresfrist (im Herbst 1525) zustande gekommen, ohne indessen noch etwas ausrichten zu können. Einstweilen hatte die Stadt sich kühn und fest behauptet.

Wie ernst aber die Sachen für sie lagen, zeigte sich bald. Die erzbischöflichen Landsknechte schienen nicht abgeneigt, den Bremern etwas anzuthun. Bei ihrer Rückkehr vom Kriegsschauplatze durchzogen sie mit mancherlei Unfug das Bremer Gebiet, und als es nach ihrem Uebergange über die Weser am Arster Wachtturme zwischen ihnen und den wachthabenden Bauern zu einem Handgemenge kam, wobei der Turm in Flammen aufging und die Bauern erstochen wurden, ertönte in der Stadt die Sturmglocke. Ein Teil der bewaffneten Mannschaft rückte aus mit Geschütz und Reitern. Aber beim Zusammentreffen erlitten die Bremer von der überlegenen Zahl alter Kriegsknechte eine Schlappe. Zehn Bürger, unter ihnen der Ratsherr Albert Vagt, blieben tot auf der Wahlstatt und vier Geschütze fielen dem Feinde in die Hände, während die Uebrigen sich schleunigst hinter die schirmenden Mauern flüchten mußten. Die Feinde konnten nun freilich nicht daran denken, ihren Sieg zu verfolgen, während die Bremer in großer Erregung auf's neue ihre Befestigungen revidierten. Aber der Erzbischof jubelte laut und konnte es nicht lassen, hiemit gegen Papst Clemens VII. als mit einem großen Siege „über die Lutheraner selbst" zu renommieren. Er empfing denn von diesem auch dazu einen Glückwunsch und apostolischen Segen. Ebenso erging infolge hiervon eine päpstliche Aufforderung an die Herzöge von Schleswig und Holstein, demselben in diesen Kämpfen beizustehen.³⁹) Indessen mehr war doch nicht erreicht, die Stadt Bremen war und blieb vor dem Feinde bewahrt.

————

Von ganz anderer Seite aber sollte die Stadt schwer geschädigt werden. Ihr Reformator selber gedachte sie zu verlassen.

Heinrich hatte unter den mancherlei Ereignissen der letzten Wochen ruhig weitergewirkt. Niemals in die Politik eingreifend und all den erwähnten Verhandlungen fernstehend, war er doch gleichsam die Seele des neuen Bremens, dessen Bewohner er, jetzt in Gemeinschaft mit zwei Gehilfen, immer weiter in die evangelische Wahrheit einführte und mit reformatorischem Geiste erfüllte. Daneben blieb er in lebendiger Beziehung zu Wittenberg. Ein Brief Luthers an ihn aus dieser Zeit (vom 1. Sept. 1524) giebt davon Kunde.⁶⁰) Derselbe enthält in der Hauptsache nur Mitteilungen über die Fortschritte und Gefahren der Reformation in anderen Gegenden und Städten. Doch sind auch einige Notizen darin für uns bemerkenswert. So schreibt Luther, daß man in Hamburg um Bugenhagen gebeten habe, und daß, falls dieser nicht könne, Jakob (Probst) die Sendung dorthin übernehmen müsse, dem er auch davon geschrieben; sodann lesen wir die Aufforderung, für ihn zu beten mit seiner ganzen Kirche, auch ihm zu schreiben über alle seine Angelegenheiten und alle Brüder zu grüßen; endlich die Bemerkungen: „Zum Michaelisfest wird eine kleine deutsche Psalmausgabe erscheinen, darauf derjenige Teil der Bibel, welcher unter der Presse ist. Bald werden also eure Kaufleute mit neuen Büchern gestärkt. Christus wolle sie stärken im Glauben und Wirken." Wir ersehen aus Letzterem wieder (wie bereits früher einmal) das starke Verlangen der Bremer nach Schriften aus Wittenberg, jedenfalls das beste Zeugnis für die tiefe Wirkung des ihnen geprebigten Wortes.

Nun aber trat für Bruder Heinrich eine neue Wendung seines Lebens ein. Luther bemerkt in seiner „Historie" darüber: „Da nun Gott der Allmächtige wollte, daß der gute Heinrich mit seinem Blute die Wahrheit, von ihm geprebigt, bezeugen sollte, sandte er ihn unter die Mörder, die er dazu bereitet hatte."

Es war in den Novembertagen des Jahres 1524, als von dem Kirchherrn Nikolaus Boye zu Melborf im Lande Dithmarsen (im westlichen Holstein) an Heinrich die Bitte gelangte, dorthin zu kommen und das Evangelium zu verkünden. Die Bitte kam in mehrerer Christen Namen und war sehr bringend. Heinrich mochte dabei in große Verlegenheit geraten. Einerseits hatte er den Vorsatz gefaßt und bereits kundgegeben, in Bremen zu bleiben, bis man ihn mit Gewalt vertreibe; er genoß die Liebe und das Vertrauen der ganzen Bürgerschaft und erkannte wohl, daß er hier einen guten Boden für ein segensreiches Wirken gefunden. Andrerseits aber dürstete ihn nach neuen Thaten, er glaubte, die Bremer könnten ihn jetzt schon entbehren. Vor allem aber sah er ja in derartigen ungesuchten Aufforderungen einen Gottesruf und glaubte einen solchen nicht abweisen zu dürfen. Bei diesem Schwanken konnte er seine Bremer Freunde nicht sofort um Rat fragen; er wußte, daß sie ihm niemals zureden, sondern alles aufbieten würden, ihn zu behalten. Nur seine Kollegen, Probst und Tiemann zog er sofort ins Vertrauen, und sie zeigten auch Verständnis für seine Auffassung. Eine Anfrage in Wittenberg schien zu lange zu dauern. Heinrich mußte sich rasch entscheiden, und that es, indem er den Melborfer Boten zusagte, demnächst zu kommen, ohne darum von Bremen, wo er eine feste Anstellung angenommen, gänzlich scheiden zu wollen.

Erst nach also gegebener Zusage und nach Abreise der Boten setzte er seine Gemeindegenossen hiervon in Kenntnis. Aber nur wenige durften es sein, denen es als ein Geheimnis eröffnet wurde, um ja keine Hinderung zu erfahren. Auf den St. Catharinen-Abend (den 24. November), heißt es, habe Heinrich sechs fromme Mitbrüder und Bürger zu sich gefordert, unter welchen die bekannten Namen Evert Speckhan und Johann Hilmers vorkommen.[61] Diesen teilte er seinen Entschluß mit, indem er zugleich bemerkte, daß er schuldig sei Jedermann, der ihn bitte, das Wort Gottes zu verkündigen, und daß er darum es für Gottes Willen halte, ins Ditmarser Land zu gehen; er bat sie nur, ihm einen guten Rat zu geben, wie er am besten fortkomme, ohne daß die Gemeinde es erfahre und seine Reise hindere. Die guten Leute waren aufs höchste überrascht. Dringend baten ihn alle zu bleiben; er möge doch ansehen, wie das Evangelium noch „fast schwach" im Volke wäre, sonderlich in den umliegenden Städten, und die Verfolgung so groß; auch dürfe er nicht vergessen, daß er von ihnen berufen sei, Gottes Wort zu predigen; wollten die Ditmarser einen Prediger haben, so möge er einen anderen hinschicken; auch bemerkten sie schließlich, sie könnten ihn nicht ziehen lassen ohne Bewilligung der ganzen Kirchgemeinde, die ihn gewählt habe. Heinrich antwortete darauf: wohl habe man ihn gewählt, aber zunächst seien jetzt frommer gelehrter Leute genug da, die ihnen predigten; die Papisten wären auch teilweise schon überwunden, so daß nun Weiber und Kinder ihre Starrheit sähen und richteten; er hätte ihnen nun zwei Jahre gepredigt, aber die Ditmarser hätten keinen Prediger, weshalb er mit gutem Gewissen ihnen solche Bitte nicht abschlagen könnte; sodann sei seine Meinung gar nicht, sie ganz zu verlassen, vielmehr gedenke er nur eine Zeitlang, etwa einen oder zwei Monate in jenem Lande zu bleiben, um dort durch sein Wort das Fundament zu legen und dann wiederzukehren; deshalb bitte er sie dringend, ihn nicht zu hindern und erst nach seinem Abzuge der Gemeinde davon zu sagen, auch seinen heimlichen Abzug zu entschuldigen; er müsse ja so verfahren, da die Feinde ihn Tag und Nacht umlauerten, ihn zu töten. Nach einem späteren Berichte fügte Heinrich noch hinzu: Das sei der rechte Weg nicht, daß er hier in Bremen sitze, gute Tage habe und andre Leute an der Seele Not leiden lasse; er müsse hin, wo das Kreuz sei, und darin seinem Herrn Christo nachfolgen; gönne ihm der Herr das Leben, so wolle er wiederkommen; habe es aber der Herr anders mit ihm beschlossen, so wäre er auch damit wohl zufrieden. [62])

Die Freunde konnten hiergegen nichts einwenden, so sehr sie den Entschluß beklagten, und so mögen sie ihm, seinem Wunsche gemäß, zur heimlichen Ausführung desselben behülflich gewesen sein. Heinrich blieb nun einige Tage noch ruhig da und setzte seine Predigtthätigkeiten fort. Erst am folgenden Montag, den 28. November, verließ er Bremen in aller Stille.

Er hatte seine Mönchskutte abgethan und weltliche Tracht ange-
legt[61]), keiner seiner Freunde durfte ihn auch nur eine Wegstrecke
begleiten, da jedes Aufsehen gefahrdrohend war. Einsam und
einem Flüchtigen gleich, wie er gekommen, zog er wieder zum
Stadtthor hinaus, nachdem er so viel hier ausgerichtet. Ein
neuer Wirkungskreis stand ihm leuchtend vor der Seele und
vielleicht dann baldige Rückkehr an diese gesegnete Arbeitsstätte.
Er ahnte nicht, daß Gott es anders beschlossen.

---

5. Kurzes Wirken und Märtyrertod im Ditmarserlande.

Das Volk, welchem Heinrich jetzt seine reformatorische Wirksamkeit widmen wollte, war ein freies Bauernvolk. Seine
Wohnung ist der nordwestliche Teil von Holstein, zwischen Elb-
mündung und Eider, westlich vom Meere und östlich damals
durch unwegsame Sümpfe und Moore begrenzt, ein reiches,
fruchtbares Marschland, noch heute die Ditmarschen oder Ditmarsen genannt. Obgleich keinerlei Burgen und feste Städte
sich im Lande erhoben, den eindringenden Feinden zu trotzen,
so hatte das Volk bisher doch seine Freiheit behauptet. Seit
Jahrhunderten hatten sie darum kämpfen müssen bald mit den
benachbarten Adelsgeschlechtern, bald mit den Holsteiner Grafen,
bald mit den dänischen Königen, aber sie erlagen nicht,
wie die Stedinger und Wurster an der Weserküste, sondern
errangen gleich den freien Schweizerkantonen glänzende Siege
über die eisengepanzerten Feinde. Noch kürzlich war ein solcher
Sieg gewonnen. Im Jahre 1500 hatte König Johann II. von
Dänemark, um seine angeblichen Ansprüche auf das Land durchzusetzen, die sogenannte „schwarze Garde" dazu angeworben. Es
waren 6000 Landsknechte, ein auserlesenes Fußvolk, der Schrecken
der Länder, unbesiegbar nach Aller Meinung. Mit dieser Kern-
truppe wurden noch viele andre Soldaten ins Land geschickt,
30 000 Mann zogen gegen das stolze, kriegerische Bauernvolk
ins Feld. Aber die Ditmarser setzten sich zur Wehre. Bei Hemmingstedt trafen die feindlichen Heeresmassen auf ihren Haufen,
der sich durch Abendmahl und Gebet ernstlich bereitet hatte, und

nun unter der Führung einer Jungfrau, welche die Fahne schwang, in die Schlacht zog. Nach langem Kämpfen errangen die Bauern einen glänzenden Sieg, die schwarze Garde wurde gänzlich vernichtet, die Freiheit gerettet. Es war am 17. Februar 1500, da diese Schlacht geschlagen war, welche den Siegen bei Morgarten und bei Sempach gleichkommt.

Im Lande herrschten alte Bauerngeschlechter, aus welchen man 48 „Regenten" erwählte, die in dem Orte Heide sich zu versammeln pflegten. Nebenbei erkannte man eine gewisse Oberhoheit des bremischen Erzbischofs an. Ein alter Zusammenhang lag hier vor. War doch von Bremen aus hier einst zuerst das Kreuz geprebigt, und der Ort Meldorf (damals Milindorp) schon im 8. und 9. Jahrhundert von dem zweiten Bischof Bremens, Willerich (789—833), dazu öfter besucht worden, derselbe Ort, an welchem jetzt Heinrich das Evangelium predigen sollte. Aber diese Hoheit des benachbarten Kirchenfürsten hatte wenig zu bedeuten und sollte wohl mehr zum eignen Schutz dienen. Noch bei Erzbischof Christophs Regierungsantritt übersandten ihm die Ditmarser einen „Willkomm" von 333 Mark 5 Schilling und 4 Pfennig lübisch (oder 500 alter Mark), ließen sich dafür aber von ihm auch ihre sämtlichen Freiheiten bestätigen (1512).*) Eben jetzt vor kurzem (1523) war auch mit dem neuen dänischen Könige Friedrich I. und Herzog Christian von Holstein ein Vertrag zustande gekommen, welcher die Ansprüche der letzteren aufhob und die behauptete Unabhängigkeit des Marschvolkes bestätigte. Die Freiheit schien für immer gesichert. Doch galt es, auf jegliche Gefährdung derselben Acht zu geben.

Schon hieraus läßt sich erklären, warum die Ditmarser nicht so schnell geneigt waren, die schwer erkämpfte politische Freiheit auch auf das kirchliche Gebiet zu übertragen. Nationen, welche mit Mühe um ihre Existenz gerungen, halten gern am Hergebrachten fest. Man denke an die Urkantone der Schweiz, an die ritterlichen Spanier oder auch an die Irländer. Bei solchen Völkern fand die Reformation meistens einen harten

---

*) 1187 hatten sich die Ditmarser unter die Oberhoheit des Bischofs von Schleswig begeben, 1227 wieder unter die des entfernteren, und daher weniger gefährlichen von Bremen.

Widerstand, weil man durch sie zu verlieren fürchtete, was gewonnen war. Auch in unsern Marschen stand es so. Die
Bewohner hingen mit zäher Treue an der alten Kirche, deren
Druck sie wenig empfanden und deren Schäden zu erkennen,
ihnen die nötige Bildung abging. Freilich hatte es schon länger
an Einzelnen nicht gefehlt, die weiter blickten. So erzählte man
im 15. Jahrhundert von den Gebrüdern Grove, welche von den
Huffitischen Bewegungen angeregt, ein reineres Evangelium gepredigt hatten. Aber der eine derselben, Heinrich, ward dafür zu
Lunden am Altar erstochen (1451) und der andre, Johannes Mar-
quart, zu Meldorf verbrannt (1450).[1]

Um die Zeit nun, als anderswo die Stürme der Reformation losbrachen, schien in diesem Ländchen die alte Kirche sich
erst recht zu befestigen. In Meldorf erhob sich bereits ein großes
Dominikanerkloster, an dessen Spitze der kluge und energische
Prior Augustinus Torneborch stand.[2] Dazu hatte man nach
der siegreichen Schlacht bei Hemmingstedt an diesem Orte ein
Nonnenkloster erbaut. Aber aus uns unbekannten Gründen war
dasselbe 1518 wieder abgebrochen und dafür zu Lunden ein
Franziskaner- oder Minoritenkloster errichtet worden. Damit
hatten beide Bettelorden der streitbaren Kirche im Lande Fuß
gefaßt. Auch der Ablaß wurde hier mit Erfolg verkündigt.
1516 hatte der Ablaßprediger Johann Angelus Arcimbold mit
drei Helfern das Land durchzogen und große Haufen Geldes
eingesammelt*), die ihm freilich der dänische König hernach wieder
abnahm.[3] Und endlich erfahren wir, daß einer der Hauptführer
im Lande, Peter Schwien, (dessen Name hernach vorkommen
wird), 1522 eine Wallfahrt nach St. Jago in Spanien unternommen.[4]

Trotzdem fand jetzt der neuverkündete Glaube unter ihnen
einige Anhänger. Es tritt uns da vor allem der Geistliche Nikolaus Boje vor Augen. Er entstammte einer der ersten Landes-
familien. Sein Vater, Marcus Boje in Brunsbüttel, hatte sieben
Söhne gehabt. Unser Nikolaus, etwa zu Anfang des Jahrhun-

---

*) Es ist uns ein Ablaßbrief (vom 8. Mai 1516) erhalten für einen
dortigen Bewohner Bojen Herring, welcher eine Frau mit ihrem Kinde in
einer Scheune verbrannt und einen Geistlichen ermordet hatte.

derts geboren, zog 1518 nach Wittenberg, um auf dieser aufstrebenden Universität sich für den Kirchendienst zu bereiten.⁵)
1523 kehrte er, von der neuen Lehre ergriffen, zurück und wurde
als Geistlicher in Meldorf angestellt. Jetzt hegte er den dringenden Wunsch, seine Heimat mit dem Evangelium bekannt zu
machen. Offen trat er damit in Meldorf hervor und gewann
auch Verschiedene für seine Sache, unter welchen vorzüglich eine
angesehene Frau, die Witwe Wibe Jungen, genannt wird. Die
hohe Stellung seiner Familie schützte ihn dabei vor feindlichen
Nachstellungen der Mönche, aber der Sinn des Volkes war seiner
Sache noch wenig zugethan. Wohl fing auch bereits ein andrer,
Bojes gleichnamiger Vetter, der Priester Nikolaus Boje zu
Weslingburen, in seinem Sinne zu predigen an.⁶) Allein was
war das unter so vielen? Unser Boje glaubte, die Sache müsse
mit ganz andrer Energie angefaßt werden, als er selber es vermochte, eine bedeutende Kraft müsse dafür gewonnen werden.
So kam ihm der Gedanke, an Heinrich von Zütphen eine Bot-
schaft zu schicken. Er mochte diesen Mann bereits von Wittenberg
her kennen. Jetzt hörte er von seinem erfolgreichen Wirken in
der Weserstadt und wünschte ihn nach Meldorf einzuladen. Er
besprach sich darüber mit seinen Gesinnungsgenossen und erlangte
es, daß die Einladung von einem großen Teil der Gemeinde
ausging. Es galt, einen erprobten Reformator herbeizuziehen,
der zuerst in Meldorf wirken, dann aber nach und nach das
ganze Volk der Ditmarser zum Evangelium führen sollte.

Heinrich war diesem Rufe gefolgt, wenn auch ausdrücklich
nur für kurze Zeit. Die Reise von Bremen aus nach dem
neuen Wirkungskreis war nicht ohne Gefahr gewesen. Heinrich
reiste „mitten durch das Stift.“ Sein Weg führte ihn somit
wohl in nördlicher Richtung, zunächst an Börde (jetzt Bremer-
vörde) vorbei, wo der Erzbischof ein Schloß besaß und oft ver-
weilte, dann nach Neuhaus zu, wo er sich über die Elbe nach
Brunsbüttel setzen ließ und das Ditmarserland betrat. Freilich
wird den einsamen Wanderer in weltlicher Tracht auch niemand
für den Bremer Reformator gehalten haben. Zu Brunsbüttel (sagt
eine spätere Nachricht⁷)) ward er von Boje's Verwandten freundlich empfangen und auf der Weiterreise in der heiligen Kreuz-

kapelle zu Windbergen vom dortigen Geiftlichen mit befonderer
Ehre aufgenommen. So langte er, wahrfcheinlich am zweiten
Tage nach feiner Abreife von Bremen, Mittwoch den 30. No=
vember, wohlbehalten in Melborf an. Hier wurde ihm wiederum
der freundlichfte Empfang von feiten des Pfarrherrn und vieler
Gemeindeglieder. Man befchloß, daß er am kommenden Sonn=
tage zuerft auftreten folle. Bis dahin wird Boje die Gemeinde
darauf vorbereitet und etwa in privaten Unterredungen mit
Heinrich und einigen Vertrauensleuten über die einzufchlagenden
Wege beratfchlagt haben.

Aber die Sache follte gleich von Anfang an auf Schwierig=
keiten ftoßen. Es gab in Melborf auch Gegner, da hier das
Dominikanerklofter und an deffen Spitze der energifche Prior
Auguftinus Torneborch ftand. Luther fagt: „Alsbald er dar=
kommen war, wiewohl er noch keine Predigt gethan hatte, ward
der Teufel zornig in feinen Gliedmaßen, und infonderheit erregte
er Auguftinum Torneborch.“[6]) In diefem Manne tritt Heinrich
eine gefährliche Perfönlichkeit entgegen, wie fie der feindliche
Klerus zu Bremen nicht aufzubringen vermocht hatte. Torne=
borch follte Heinrichs Verderber werden. Er verband fich mit
einem anderen angefehenen Kleriker, bei welchem er diefelbe
Ueberzeugung und Entfchloffenheit vorausfetzte, dem Magifter
Johann Schnicken, dem Commiffarius des erzbifchöflichen Officials
zu Hamburg (deffen weitere Stellung im Lande wir nicht kennen).
Beide konferierten über die dem Lande drohende Gefahr
und befchloffen, vor allem Heinrich am Predigen zu hindern.
Man mußte auf die „Regenten“ einwirken und von ihnen ein
Verbot erreichen. Am Freitag war der Plan fertig. Torneborch,
der fehr aufgeregt war und eine fchlaflofe Nacht gehabt hatte,
eilte Sonnabend früh nach dem etwa zwei Stunden entfernten
Hauptorte Heide und brachte die Sache in der Verfammlung der
Regenten vor. Zwei andre Männer traten hier fofort auf feine
Seite: Peter Nannen ein (fehr unähnlicher) Bruder der oben ge=
nannten Witwe Wibe Jungen zu Melborf und der Kanzler
Magifter Johann Günther.[9]) Mit ihrer Hülfe gelingt es dem
Prior, der Sache eine gefährliche Wendung zu geben. Es heißt,
ein ketzerifcher Mönch aus Bremen fei ins Land gedrungen, der

dem Kirchenglauben entgegentrete und den der Erzbischof ver-
folge; man könne sich bei diesem und dem ganzen Niederdeutsch-
land den größten Dank verdienen, wenn man ihn einfach um-
bringe. Die Regenten, konservative Bauern, besaßen wenig
Neuerungsgelüste, und das gute Einvernehmen mit dem Kirchenfürsten schien ihnen doch wichtig. Man ging auf den Vorschlag
ein, Heinrich zu widerstehen, ja Viele sprachen schon von einem
Bluturteile über ihn. [10]) Doch wurde nur beschlossen, den Meldorfern zu gebieten, den fremden Mönch bei Strafe von 1000 rhei-
nischen Gulden nicht predigen zu lassen, sondern zu verjagen, und
demnächst Bevollmächtigte zu weiterer Beratung der Sache nach
Heide zu schicken. Torneborch bekam darüber ein ausgefertigtes
Schreiben in die Hand und zog triumphierend damit nach Meldorf zurück.

Es war schon später Abend geworden, als der Prior im
Pfarrhause anlangte und Boje die Verfügung einhändigte. Dieser
war nicht wenig davon betroffen, da andern Morgens die Predigt
gehalten werden sollte und alles darauf bereitet war. Bei näherem
Besinnen ward ihm aber klar, daß die Achtundvierziger sich in
Kirchensachen nicht einzumischen hätten, sondern hier die Einzel-
gemeinde allein ein Recht besitze. Auch Heinrich, dem Boje
den Brief mitteilte und die Landessitten erklärte, war der Meinung, hier seinerseits nicht nachgeben zu dürfen. Er sei, so
äußerte er sich, von dieser Gemeinde berufen und werde dem
Folge leisten, solange es ihr gefalle; darin sehe er einen Ruf
Gottes, und man müsse Gott mehr gehorchen als den Menschen.
Weiter erklärte er, wolle es Gott haben, daß er im Ditmarserlande sterbe, so sei der Himmel hier ebenso nahe als anderswo,
er müsse ja doch einmal um des Wortes Gottes willen sein
Blut vergießen.

Einstweilen freilich schien alles gut zu gehen. Am nächsten
Morgen, dem zweiten Adventssonntage (4. Dezember), bestieg
Heinrich die Kanzel der stark gefüllten Kirche. Er begann mit
Verlesung der Worte Röm. 1, 9 ff., in welchen Paulus sein Verlangen ausspricht, die Christen in Rom zu besuchen, um ihnen
etwas geistliche Gabe mitzuteilen, und er mag dabei von seinem
eigenen Verlangen gesprochen haben, auf ihre Einladung, trotz

Abratens feiner Bremer Freunde, herzukommen. Hierauf ging er zum Sonntagsevangelium Luc. 21, 25 ff. über, in welchem von den Zeichen geredet wird, die dem dereinstigen Kommen des Menschensohnes vorangehen sollen, sowie von dem ewigen Bleiben der Worte Gottes, mit der Mahnung, wacker zu sein und zu beten, daß man bei dem allen bestehen möge. Die Predigt über diese damals leicht zu verwendenden Gedanken machte tiefen Eindruck, „sie waren ganz entzündet" (Luther). Nach dem Gottes- dienste teilte dann der Parochus der Gemeinde den Brief der Achtundvierziger mit. Alle waren entrüstet über den Eingriff in ihre Rechte und beschlossen einstimmig, Bruder Heinrich zu behalten und zu beschirmen, worüber sie sich andern Tages zu Heide verantworten wollten.

Am Nachmittage predigte Heinrich zum zweiten Male, und zwar über die Epistel des Tages Röm. 15, 1 ff. Paulus redet hier von dem Tragen der Schwächen an anderen, von der Be- kehrung der Heiden und von Frieden und Freude im Glauben und völliger Hoffnung, und wir können uns denken, wie auch hierin die reformatorische Verkündigung des begeisterten Redners zum Ausdruck gekommen und freudig aufgenommen ist. Augen- scheinlich hatte er hier jetzt festen Fuß gefaßt.

Andern Tages sollte nun die Verantwortung zu Heide vor sich gehen.*) Die Meldorfer sandten ihre Abgeordneten dahin, die eine schriftliche Erklärung Bojes mit sich brachten. In der Versammlung legten sie zunächst ihr Recht dar im Gegensatz zu dem Befehle der Regenten, und hoben dann hervor, daß sie den Mönch gehört und nur entschieden christliche Predigten von ihm

---

*) Der Ditmarser Chronist Neocorus erzählt hier (II, 17, 7) eine kleine Geschichte von einem der Regenten, welche später als ein Gottesgericht galt. Bojen Claus Bojen nämlich, auch ein Verwandter des Meldorfer Pastors, der als ein eifriger Papist galt, früher aber schon Gelder unter- schlagen haben sollte (I, 421), war am Sonnabend zu Heide nicht zugegen gewesen. Als er nun die Citation erhielt, auf Montag zu erscheinen, weil ein fremder Mönch da sei, der (so sagte man ihm) wider die Mutter Gottes predige, erklärte er, jedenfalls kommen zu wollen, sollte er auch auf dem großen Fußzehen dahin hinken. Von Stund an fühlte er an einer der beiden großen Zehen einen heftigen Schmerz, mußte sich niederlegen und fand schließlich hieran seinen Tod.

vernommen hätten. Das von ihnen mitgebrachte Sendschreiben Vojes besagte, weder er noch Heinrich seien der Absicht, Aufruhr zu machen; es handle sich nur darum, das reine Wort Gottes zu lehren; sie Beide seien bereit, Jedermann zu Recht zu stehen, bäten bringend nicht ohne weiteres den Mönchen zu glauben, die nur aus Haß und Habsucht die Wahrheit unterdrücken wollten, sondern erst die Wahrheit zu erforschen und niemand ungehört zu verdammen; im Fall, daß sie im Unrecht wären, wollten sie gern Strafe erleiden. Gegen diese Erklärungen ließ sich wenig sagen. Es war darin von den Regenten vor allem gefordert, die Sache genau anzusehen und kein vorschnelles Ver= dammungsurteil auszusprechen. Das blieb nicht ohne Eindruck auf die Gewissen, und die Gegenreden der Feinde, unter denen Torneborch diesmal fehlte, wollten nicht recht mehr einschlagen. Es erschien doch mißlich, hier einen brutalen Entschluß zu fassen. So sprach man hin und her. Endlich erhob sich einer der ältesten und angesehensten unter ihnen, Peter Detleff von Delve[11]) und sagte: es sei jetzt großer Zwiespalt um den Glauben an allen Orten, und sie, als unerfahren in solchen Sachen, könnten darüber nicht richten; nun habe ihr Schreiber (der oben erwähnte Kanzler Günther) von einem allgemeinen Concil erzählt, welches bald vor sich gehen sollte; dieses möge man doch abwarten, und was dann die guten Nachbarn in Glaubenssachen annehmen würden, das solle man ebenfalls annehmen; sei es nun der Fall, daß Gottes Wort nicht klar genug gelehrt werde, und ver= möge es Jemand besser, so solle man ihm solches doch nicht verbieten und darüber keinen Aufruhr anrichten; kurz er meine, man solle Jeden zufrieden und alles zunächst bis Ostern auf sich beruhen lassen; bis dahin werde sich ergeben, was recht und was unrecht sei. Dies ruhige und unparteiische Wort fand Beifall. Man beschloß dem entsprechend, und die Meldorfer zogen mit Freuden wieder nach Hause in der sicheren Hoffnung, die Sache werde nun zum guten Ende kommen. Es war dem Re= formator also nicht mehr verboten zu predigen. Damit schien alles gewonnen. Dem Evangelium war nun in Ditmarsen ebenso die Bahn eröffnet wie vor zwei Jahren in Bremen.

Heinrich trat denn auch getrost den folgenden Tag wieder
auf. Es war am Dienstag dem Nikolai-Tage (6. Dezember).
Diesmal nahm er nicht die officiellen Texte des altkirchlichen
Feiertages, sondern wählte am Morgen das Gleichnis von den
anvertrauten Pfunden (Luc. 19, 12 ff), welches ihm wohl Gelegenheit gab, von der eigenen Verantwortlichkeit des Christen zu
reden und damit den päpstlichen Ablaß und die Zurechnung der
Heiligenverdienste in das gebührliche Licht zu stellen. Nachmittags
legte er die Worte Hebr. 7, 23 ff zu Grunde; hierbei konnte er
von dem alleinigen Hohenpriestertum Christi sprechen und damit
in die Gedanken seiner oben besprochenen Wittenberger Thesen
einlenken. Auch diesmal hatte er großen Erfolg. „Das Volk
strömte fast aus allen Winkeln zusammen", schreibt Propst an
Luther. Nicht geringer war der Volksandrang zwei Tage später,
am 8. Dezember, der Feier von Maria's Empfängnis. Hier
nahm Heinrich in beiden Predigten das erste Capitel des Evangeliums Matthäi vor und redete somit vor allem wohl nicht über
Maria, sondern über Christus, durch welchen sie erst einen Namen
gewonnen. Er wies dabei, (so hebt Luther hervor), auf die Verheißung hin, die von Christus schon den Vätern gegeben worden,
und zeigte, wie wir nur durch den Glauben derselben teilhaftig
werden könnten.

In dieser Weise schien Heinrich ruhig weiter wirken zu
können. Nicht ein tägliches Reden that hier not, wie in Bremen,
wo Jedermann in der volkreichen und reformeifrigen Stadt ihn
hören wollte; wohl aber bei allen gegebenen Gelegenheiten aufzutreten und mit Kraft die neue Lehre zu bezeugen, schien das
Richtige. Die Meldorfer waren gewonnen. Es heißt, Jedermann war verwundert über den Geist mit dem er redete; sie
dankten Gott, daß er ihnen solch einen Prediger zugeschickt, und
baten, er möge ihnen denselben erhalten, da ihnen nun klar
werde, wie sie durch Pfaffen und Mönche verführt gewesen.
An Heinrich aber erging die Bitte, er möge zu Weihnachten
hier bleiben und dann alle Tage zweimal predigen; fürchteten
sie doch, er werde bald an einen anderen Ort gefordert werden.

„In mittlerer Zeit haben die gottlosen Mönche im Lande
sich auf dem Predigtstuhl auch nicht gesäumet, sondern gerufen

unb geheulet, Ach unb Jammer geschrieen, wie sie benn nach
ihrer altvetelischen Weise wohl gelernet haben, auf baß, wo ein
Fünklein bes Evangeliums entglimmet, sie es balb wieder aus=
löschen möchten, baß je bie bichte Finsternis nicht erleuchtet unb
ihre Büberei an ben Tag komme unb angesehen werde", so heißt
es in ber ersten, noch vor Luthers „Historie" erschienenen beut=
schen Schrift über Heinrichs Märtyrergeschichte.[12]

Der Prior Torneborch mußte begreiflicherweise über ben
Beschluß ber Achtunbvierzig sehr erbost sein. Ihm war ganz
klar, baß jeber Aufschub nur ben Ketzern zu Gute kommen könne.
Fasse bas Evangelium erst wirklich Wurzel, bann werbe ber
Widerstanb schwer, wo nicht unmöglich sein, unb bann sei's mit
bem ganzen römischen Wesen vorbei. Was aber konnte geschehen?
Der Beschluß ber Obrigkeit ließ sich schwerlich änbern. Eher
konnte eine rasche That zum Ziele führen, unb bei bem konser=
vativkirchlichen Sinne ber Meisten war jetzt noch auf beren Billi=
gung zu rechnen.

Torneborch überlegte bie Sache wieber mit bem Commissar
Johann Schnicke, unb beibe zogen noch einen britten, Dr. Wil=
helm genannt, auch einen Dominikaner (ber, wie es scheint, kürzlich
aus Hamburg gekommen war) ins Vertrauen. Die brei beschlossen,
sich weiter an bie Franziskaner in Lunben zu wenben unb um
beren Beistanb zu bitten. Diese „grauen Mönche" griffen bie
Sache mit Eifer auf, unb luben auch einige ber bort wohnenben
Achtunbvierziger, auf bie sie rechnen konnten, mit zur Beratung.
Es waren bas ber bereits erwähnte Peter Nannen, sobann
Peter Schwien unb Claus Robe. Diesen warb vorgestellt, ber
Ketzer verführe mit seinen Prebigten bas Volk; wenn nichts
geschehe, so müsse Mariä Lob samt ben zwei Klöstern zu
Grunbe gehen. Aber biese waren etwas verwunbert über bie
neue Klage, unb einer von ihnen, Peter Schwien, erinnerte an
ben jüngsten Beschluß ber Regierung. Wäre es nötig, meinte
er, so könnte ja ben Melborfern ein neuer Brief barüber ge=
schrieben werben. Aber hiervon brachte ihn ber Mönch schnell
ab. Torneborch erklärte bas Hin= unb Herschreiben für unnütz,
ja für gefährlich, ba bie Antwort ber Ketzer sie selber verwirren
unb mit hineinziehen könnte. Er schlug ein kurzes Rabikalmittel

vor: man solle den Ketzer nachts gefangen nehmen und verbrennen, ehe Regierung und Volk es merkten. Diesen Mordplan wußte er ihnen wahrscheinlich nach allen Seiten hin plausibel zu machen und die Bedenken dagegen zu zerstreuen. Die grauen Mönche stimmten energisch bei, und die drei Lundener Bauern wurden schließlich ganz dafür gewonnen. Die Verschwörung war fertig; es galt zu schneller Ausführung zu kommen.

Peter Nannen nahm nun die Sache in die Hand, und zwar in Verbindung mit dem gleichfalls gewonnenen Sekretär Günther. Ganz in der Stille wurden andre Leute aus verschiedenen Dörfern in's Geheimnis gezogen. Als solche werden uns noch genannt:*) Peter Schwien's Sohn, Henning von Lunden, ferner Johann Holm von Neuenkirchen, Lorenz und Ludwig Hannemann von Wennewisch, Bostel Johann Preen von Tiebensee, Claus von Weßlingburen, Grote Johann von Wockenhausen, Marquardt Krämer von Henstedt, Ludecke Johann von Weßling und Peter Großvogt von Hemmingstedt — lauter gewichtige, tonangebende Männer. Man lud sie zu einer Versammlung nach Neuenkirchen auf die Pfarre, doch fand dieselbe in Günthers Hause statt.**) Die Geforderten wurden ohne Schwierigkeit, wie es scheint, gewonnen. Man verabredete, noch einige andere Leute herbeizuziehen und dann am Freitag, dem Tag nach Mariä Empfängnis, wenn die Abendbetglocke geläutet, sich in Hemmingstedt, eine halbe Meile von Meldorf, zu versammeln und von da aus den Ueberfall auszuführen. Allen wurde die größte Heimlichkeit zur Pflicht gemacht, namentlich durfte nach Meldorf hin nicht die geringste Kunde gelangen.

So kam's denn wirklich zur Ausführung. Freitag Abend versammelten sich die Verschwörer mit ihren Leuten in Hemming-stedt. Die Wege nach Meldorf waren sorgfältig bewacht, um jede Nachricht dorthin zu verhüten. In Hemmingstedt und Umgegend selber war angesagt, beim Ave-Maria-Läuten müßten alle

---

*) Luther bezeichnet sie als „Ammerals"(Admirals), und sagt ironisch: „Man sollt hie billig der Namen schonen; nachdem sie aber Ehre gesucht haben zu erlangen, muß man sie ihrer Ehre nicht berauben."
**) Es mochte am Mittwoch oder Donnerstag sein. Ersteres ist mir wahrscheinlicher, weil das Folgende noch einiger Zeit bedurfte.

Männer sich mit Waffen einfinden. So kamen wohl an die 500 bewaffnete Landleute zusammen. Als man den Letzteren, die bisher von nichts gewußt, die Sache kundthat, weigerten sie sich, solche Mordthat auf ihr Gewissen zu nehmen. Aber die Führer redeten ihnen kräftig zu und stellten die Sache als eine hohe und heilige hin, bei der es zu gehorchen gelte. Neben dieser Entflammung des Fanatismus wurde tüchtig Hamburger Bier eingeschenkt, wovon man eine Anzahl Tonnen (wahrscheinlich vom nahen Melborfer Kloster gespendet) zur Hand hatte. Das half. Die Leute waren in ihrer Trunkenheit schließlich zu Allem bereit.[13]) So brach man um Mitternacht nach Melborf auf.

Zuerst gings nach dem Kloster, wo man ihrer Ankunft entgegensah. Hier erhielten die Kommenden Lampen und Fackeln. Dann rückte man direkt zur Pfarre. Ein Verräter, Hennings Hans genannt, im Hause wohl bekannt, zeigte ihnen Weg und Gelegenheit, ein Andrer, Grote Johann Maaß, legte eine Leiter an, stieß die Bodenluke auf und öffnete das Haus an verschiedenen Stellen von innen her.[14]) Der trunkene Haufe drang ein und fing an, zu zerschlagen und zu plündern, was ihm unter die Hände kam; Kannen, Kessel, Kleider, Becher wurden verdorben, Geld und Silber mitgenommen. Man fiel dann über den Pastor Boje her, der ruhig schlief, hieb auf ihn los und rief: Schlag tot, schlag tot! Andre rissen ihn auf die Straße, warfen ihn in den Schmutz und schrieen, er solle mitgehen. Aber dem wurde noch rechtzeitig gewehrt. Die Anführer hatten streng geboten, sich nicht an Boje zu vergreifen, um die unangenehmen Folgen seitens seiner Familie zu vermeiden. Doch nur mit Mühe gelang es den Besonnenen, ihn demgemäß zu befreien und die ganze Wut auf Heinrich zu lenken. Boje wurde in's Haus zurückgestoßen.

Desto roher ging's nun über den fremden Reformator her Man riß ihn aus dem Bett und auf die Straße, schlug und stach ihn, band ihm die Hände auf den Rücken und stieß den nur mit dem Nachtgewand Bekleideten vorwärts. Dabei schrieen sie: Mönch, hier gehst du her! Und als Heinrich fragte: wohin? brüllte man ihn an: in's Feuer! du mußt sterben! Er antwortete ergeben: im Namen Gottes! mußte aber dafür Schläge

und Mißhandlungen ertragen.[15]) Darüber ergriff selbst den
eifrigen Peter Nannen ein Erbarmen. Er befahl den Leuten,
den Ketzer in Ruhe zu lassen, er werde schon von selber gehen.
So ward er einem gewissen Johann Balcke übergeben, der ihm
die Hände an den Schwanz seines Pferdes band und ihn so
mitschleppte.*) Die Melddorfer mögen bei dem großen Lärm
erschrocken aufgesprungen sein, und als sie merkten, was vor sich
ging, mag mancher an Gegenwehr gedacht haben. Aber ehe in
der dunklen Nacht sich die Einzelnen darüber besprechen konnten,
war der Haufe bereits fort. Alles war in höchster Eile vor
sich gegangen. Was wäre auch gegen so Viele zu machen gewesen?
Der Haufe ging zuerst nach Hemmingstedt zurück. Hier
hielt man einen Augenblick an. Den Melddorfern war man ent-
gangen. Aber nicht hier, sondern im Hauptorte Heide sollte die
grausige That vor sich gehen. Nur ein vorläufiges Verhör ward
an Ort und Stelle vorgenommen. Man führte Heinrich in die
Mitte und fragte ihn, wie er in's Land gekommen sei und was
er da suche. Der Gemißhandelte antwortete freundlich und der
Wahrheit gemäß, und seine Antwort blieb nicht eindrucklos.
Manchen wandelte ein Gefühl der Scham an. Aber man wollte
sich dem nicht hingeben, daher hieß es: Nur weg mit ihm!
hören wir ihn lange, so werden wir auch Ketzer! Jetzt wagte
Heinrich die Bitte, man möge ihn doch auf ein Pferd setzen;
denn er fühlte sich nicht imstande, mit seinen blutigen Füßen
auf dem gefrorenen Boden weiter zu gehen. Aber nur rohes Lachen
und Hohn war die Folge. Das fehlte noch, hieß es, daß man
den Ketzern auch noch Pferde hielte! Er mußte weiter wie
vorhin.

---

*) Dieser Zug, daß Heinrich an den Pferdeschweif gebunden worden,
findet sich bei Luther und den Chronisten nicht, aber ausdrücklich steht es
so bei Jakob Probst: „darnach einem Pferd an schwanz gebunden und
also mitt großer frolockung geen der hayde, ein große meile wegs von Mel-
dorff gefürt und geschlappfft." Aehnlich in der kurzen „Historia." Claus
Harms führt das auf eigne Hand noch drastischer aus, indem er von Heinrichs
Führer (den er Bolcke Johann ut be Lieth nennt) schreibt: „wo be sleef
aber man gelegenheit seeg, da fööt he ben armen minschen börch pütt un
pööl un scharpet ys, dat em bat roobe bloot uub be fööt sprung."

So ging's vorwärts eine gute Stunde noch, bis man Heide erreichte. Aber noch war es finstere Nacht, vielleicht erst vier Uhr morgens, und man wollte zum Verbrennen doch erst den Morgen erwarten, der in diesen kurzen Wintertagen spät genug anbrach. Der arme Gefangene wurde daher in das Haus eines gewissen Ralbenes, vielleicht des Wirtes, gebracht, wo man ihn mit eisernen Ketten an einen Stock binden wollte. Aber das wollte der Hausbesitzer, der ein mitleidiges Herz hatte, bei sich nicht leiden. [16]) Anders einer vom Clerus, Reimer Hozelen; in dessen Hause hatten sie freie Hand und brachten ihn daselbst in den geräumigen Keller, wo eine große Zahl von Bauern ihn zu verwahren hatte. Diese trieben ihren rohen Mutwillen mit ihm soffen, sangen, spielten und verhöhnten ihn nach Herzenslust Zwei Geistliche, der Pfarrer Simon von Altenworben und der Pfarrer Christian von Neuenkirchen, fühlten sich dabei gemüßigt, ihn zu fragen, warum er sein heiliges Kleid abgelegt habe. Heinrichs Erklärung darüber, die wahrscheinlich aus der Schrift die Bedeutungslosigkeit des Mönchsstandes erwies, verstanden sie nicht und zogen sich wieder zurück. Dann kam der mehrgenannte Landschreiber Günther mit der Frage, ob er lieber an den Bischof von Bremen geschickt werden oder hier im Lande seinen Lohn erhalten wolle. Heinrich wußte, daß es ihm dort nicht besser ergehen werde, und antwortete daher resigniert: Habe ich etwas Unchristliches gelehrt oder gethan, so könnt ihr wohl mich drum strafen; der Wille Gottes geschehe! Die hierin liegende Aufforderung, zu prüfen, ob er wirklich unchristlich gelehrt oder gehandelt, wurde natürlich überhört; der Landschreiber rief aus: Hört, lieben Freunde, er will in Ditmarsen sterben! Der rohe Haufe freute sich, daß ihm sein Opfer nicht entgehen solle, und fuhr fort im Saufen, Spielen und Verhöhnen.

Endlich brach der Tag an, und man konnte zur That schreiten. Um acht Uhr morgens versammelte sich alles auf dem Marktplatze. Es hieß, man wolle Rat halten, was weiter zu thun sei. Aber die aufgeregten und trunkenen Bauern wollten kein langes Ratschlagen mehr, sondern schrieen durch einander: Zum Feuer! zum Feuer! so werden wir heute von Gott und Menschen Ehre gewinnen! Denn je länger wir ihn leben lassen, desto mehr werden wir mit seiner Ketzerei verkehrt! Was hilft viel Bedenken? Er muß doch sterben! — So wollten's die Führer hören: Das Volk sollte Heinrichs Feuertod verlangen und damit ein Verhör unnötig machen.

Es ward nun ausgerufen, alle die den Mönch geholt hätten, sollten mit ihren Waffen zum Feuer hinausziehen. In den Haufen hatten sich jetzt auch verschiedene „graue Mönche" aus Lunden gemischt, welche die Leidenschaften noch mehr anstachelten und ausriefen: Jetzund gehet ihr der Sachen recht nach! Man band Heinrich um Leib, Hals, Hände und Füße und riß ihn zum Ort hinaus. Auch jetzt fehlte es nicht ganz an Mitleid mit dem Aermsten. An der Thür eines Hauses, das man passierte, stand eine Frau und weinte über den jämmerlichen Anblick. Als Heinrich das sah, gedachte er wohl der weinenden Frauen, die dem Herrn in Jerusalem das Geleite gaben, und rief ihr zu: Liebe Frau, weinet nicht über mich, denn es ist Gottes Wille! Man kam dann an den Platz. · Es war, östlich von Heide gelegen, eine Erhöhung, noch lange hernach der „Möncheberg" geheißen. Hier hatten geschäftige Hände bereits einen hohen Haufen von brennbarem Material zusammengetragen, und jetzt war man damit beschäftigt, ihn anzuzünden, was aber bei der Witterung schwer gelingen wollte. Heinrich sank beim Ankommen vor Mattigkeit und Erschöpfung zusammen, aber er erhob sich wieder. Es wurde ihm Kraft verliehen zu treuem, festem Zeugnis bis zum Tode.

Aber ein Richterspruch mußte doch anstandshalber noch vor der Execution gefällt werden. Hierzu war nun freilich der eigentliche Ortsvogt oder Richter auch für Geld nicht zu bewegen. Aber ein anderer, Schoeters Maes genannt, welcher früher hier einmal das Richteramt bekleidet hatte, erklärte sich für zehn Gulden zu dieser That bereit. So erhielt die Sache doch wenigstens einigen officiellen Anstrich. Das Urteil dieses Mannes lautete: Dieser Bösewicht hat geprediget wider die Mutter Gottes und wider den Christenglauben, aus welcher Ursach ich ihn, von wegen meines gnädigen Herrn, des Bischofs von Bremen, zum Feuer verurteile. Heinrich, der bisher alles ruhig über sich ergehen lassen, fühlte sich gedrungen, hiergegen zu protestieren

und rief aus: Ich habe Gott und Maria nie mein Leben lang
gelästert, sondern allezeit gelobet und gepreiset. Dann hob er
seine Augen zum Himmel auf und sprach im Andenken an den
Gekreuzigten: Herr, vergieb ihnen, denn sie wissen nicht, was
sie thun! Dein Name ist allein heilig, himmlischer Vater. Aber
neues Geschrei übertönte seine Stimme. Man verspottete solche
Fürbitte, die er nicht für andre, sondern für sich selbst thun
solle; dann spie man ihn an und brüllte: verbrennt ihn! ver=
brennt ihn!

Plötzlich schien noch eine Rettung zu kommen. Frau Wiebe.
Jungen aus Meldorf, die oben genannte Schwester des Haupt=
anführers Peter Nannen, erschien auf ein Mal auf dem Platze.
Aber war sie's nur allein? Wo blieben die andern Meldorfer?
Warum eilten sie am anbrechenden Tage nicht her, ihren Prediger
zu befreien, dessen Reden sie so hoch erfreut und begeistert hatten?
Man muß daran denken, daß der Pfarrherr Boje zerschlagen und
zerstoßen auf seinem Bette lag, die übrigen Bewohner aber von
Schrecken gelähmt waren und Niemand etwas zu thun wagte.
Frau Jungen hatte vielleicht das Ihre gethan, die Männer zu
entflammen, allein die Furcht vor dem großen Haufen, der Ge=
danke, es werde doch wohl schon zu spät sein, hielt die Zaghaften
zurück. Da brach die Tapfere schließlich allein auf und eilte dem
Zuge nach. Unterwegs hörte sie wohl, daß derselbe nach Heide
gegangen, und sie kam hier gerade an, als man mit Heinrich
vor dem Scheiterhaufen stand. Eine gleiche Entschlossenheit ihrer
Ortsgenossen hätte ihn vielleicht noch retten können. Jetzt brach
sie sich Bahn durch den Haufen und, vor dem Feuer stehend,
rief sie mit lauter Stimme, man solle doch einhalten und lieber
sie schlagen, als diesen Mann; tausend Gulden biete sie, wenn
man ihn in Ruhe lasse nur bis zum nächsten Montag, damit er
dem Rechte gemäß vom ganzen Lande verhört und dann ver=
brannt werde. Ihr Bemühen war edel, und eindruckslos mag
es nicht geblieben sein. Aber Niemand stand ihr bei. Den
Anführern lag alles daran, einen Aufschub zu verhindern, und
die rohe, aufgeregte Menge wollte sich ihr Opfer nicht entgehen
lassen. So fuhr man denn auf sie mit rohen Worten ein, schlug
sie zu Boden, trat sie mit Füßen und stieß sie aus dem Kreise

hinaus. Ihr hochherziges Bemühen war umsonst gewesen. Und
doch ist's nicht genug anzuerkennen, daß eine Frau so gehandelt.
Auch dem Märtyrer mag es ein Balsam gewesen sein, daß sie
sich noch eingefunden und Mißhandlungen nicht gescheut hatte zu
seiner Rettung.

Die Bösewichter aber waren jetzt nur noch wütender geworden. „Wenn by böse münschen en förbehd nicht helpt, so
beid se schaden" — bemerkt Claus Harms mit Recht an dieser Stelle. Mit dem Scheiterhaufen zwar ging's noch immer
nicht; bei dem nebligen Wintermorgen, dem Schnee und Regen,
wollten die feuchten Holz- und Torfstücke nicht Feuer fangen,
sondern erloschen wieder. Die Menge war ungeduldig, man
sprach von höllischen Künsten des Ketzers, und brang, um sich
zu entschädigen, mit den Waffen auf ihn ein. Einer stach ihm
mit dem Stoßdegen gegen den Kopf, Johann Holm hieb nach
ihm mit dem Fausthammer, und Andre bearbeiteten mit ihren
Hellebarden, Spießen und Schwertern Seite, Rücken und Arme
des Unglücklichen, der einige Male wieder zu reden versuchte,
aber es nicht vermochte. Günther schrie dabei: Frisch zu, lieben
Freunde, hier wohnet Gott bei! Dann aber gebot er einen
Augenblick Einhalt. Heinrich sollte vor seinem Tode noch beichten.
Dazu wurde einer der mitgelaufenen grauen Mönche beordert.
Heinrich hörte es und wandte sich an den Franziskaner mit der
Frage: Bruder, hab' ich dir je was zu Leide gethan oder dich
erzürnet? Der Angeredete war betroffen über die ungewohnte
Frage und sagte: Nein, und als jener dann fortfuhr: Was
soll ich dir denn beichten, das du mir vergeben solltest? da
zog er sich verwirrt zurück. Luther nennt ihn einen „ungelehrten"
Mann, und jedenfalls zeigte derselbe seine Ungeschicklichkeit hin-
reichend darin, daß er nicht auf die Hauptsache, die Ketzereien
Heinrichs, kam, sondern sich durch dessen Fragen sofort aus dem
Text bringen ließ.

Wie diese geistliche Waffe sich stumpf erwiesen, so schien auch
sonst das Vorhaben nicht gelingen zu wollen. Noch immer hatte
man seine Not mit dem Feuer, alle Anstrengungen, es in Gang
zu bringen, schlugen fehl. Zweimal erlosch dasselbe gänzlich.
Es war, als ob eine höhere Macht widerstehe, und wäre Be-

sonnenheit in der Menge gewesen, sie müßte diese Winke verstanden haben. Aber man wollte nicht nachgeben. Wohl zwei
Stunden lang dauerte dieser schreckliche Zustand. Heinrich litt
unsäglich. Im bloßen Hemde und aus wenigstens zwanzig
Wunden blutend stand er da unter dem rohen Haufen, die Hände
gefaltet, den Blick nach oben gerichtet, ohne menschlichen Trost
und flehend um Erlösung. Es war eine furchtbare Prüfung!

Endlich brannte es wenigstens so weit an, daß man ihn
auf den Scheiterhaufen legen und der Sache ein Ende machen
konnte. Zu diesem Zweck wurde eine Leiter genommen und der
Märtyrer an einem Ende derselben festgebunden. Bei dieser
Procedur begann Heinrich noch einmal seine Stimme zu erheben
und laut seinen Glauben zu bekennen. Das aber wollte man
nicht hören. Einer schlug ihm auf den Mund und rief, erst
solle er brennen, dann möge er beten, was er wolle. Dabei
setzte ihm ein andrer*) den Fuß auf die Brust und band seinen
Hals so stark an die Leitersprossen, daß ihm das Blut aus
Nase und Mund hervorspritzte. Nun konnte der Gequälte freilich
nicht mehr reden. Die Leiter wurde dann aufgerichtet und einer
stützte sie mit seiner Hellebarde. Aber diese glitt ab und fuhr
unabsichtlich dem Märtyrer durch den Leib. Diese Ungeschicklichkeit, so Schreckliches sie wirkte, verkürzte doch seine Leiden. Man
warf ihn nun mit der Leiter auf den Holzstoß. Aber wiederum
kam's verkehrt. Der angebundene Körper fiel zur Seite und
wieder auf die Erde herunter. Da lief Johann Holm hinzu und
schlug ihn mit seinem Fausthammer so lange auf die Brust, bis
er kein Lebenszeichen mehr gab. Das war nicht Mitleid mit
dem Unglücklichen gewesen, man wollte ihn nur ·endlich tot
haben. Nun ward er in den Rauch des langsam anglimmenden
Feuers geworfen. Die Menge war befriedigt und verzog sich.
Der Märtyrer hatte ausgelitten.

Am folgenden Morgen, dem dritten Adventssonntage, kamen
Verschiedene wieder an die Stelle hinaus, um nach dem Ver-

---

*) Hellmann (a. a. O. S. 54) nennt denselben als Bostel Johann von
Tiebensee, welcher wie der gleich zu nennende Johann Holm unter den Ver-
schworenen vorkam.

brannten zu sehen. Sie fanden den Körper noch vor; das nur
glimmende Feuer hatte ihn wohl geröstet, aber nicht verzehrt.
Da erwachte neue Wut. Sie hieben ihm Kopf, Hände und Füße
ab und warfen sie auf den nun angezündeten und jetzt besser
brennenden Holzstoß. Den Rumpf aber begruben sie und hielten
einen Freudentanz darum mit spöttischen Gesängen. Also von
Reue noch keine Spur, vielmehr meinten sie noch, Gott einen
großen Dienst gethan zu haben. Erst später sollten viele anders
denken lernen über ihre grausige That.[20])

Daß Heinrichs Märtyrertod an einem Sonnabend geschehen
war, ist erwähnt und steht nach allen Schriftstellern fest. Weniger
dagegen ist das überlieferte Datum, der 11. December, begründet,
obwohl dasselbe in allen späteren Schriften und sogar an Heinrichs Denkmal in Heide Aufnahme gefunden hat. Eine einfache
Berechnung ergiebt die Irrtümlichkeit dieser Bestimmung. Haben
die Leute, wie Luther und die andern Quellen angeben, am
Tage nach Mariä Empfängnis, d. h. also am 9. December, sich
in Hemmingstedt versammelt und den Zug nach Meldorf ausgeführt, so ist Heinrich am 10., nicht aber am 11. December
verbrannt worden.[21]) Daran kann kein Zweifel sein.*) Es war,
wie oben erwähnt, derselbe Tag, an welchem vor vier Jahren
Luther die päpstliche Bannbulle verbrannt hatte, wobei Heinrich
selber zugegen gewesen war.

6. Folgen von Heinrichs Märtyrertod.

Das traurige Ereignis mußte bald genug im ganzen Lande
und weit über seine Grenzen hinaus bekannt werden. Natürlich
erweckte es überall die verschiedensten Empfindungen; hier ward
es mit tiefem Weh vernommen, dort mit grausiger Freude
begrüßt. Letzteres zunächst wohl am meisten in den Klöstern zu
Meldorf und Lunden, dann nicht minder beim bremischen Erzbischofe und weiterhin im ganzen päpstlichen Lager. Wir hören

---

*) Der 10., nicht der 11. December fiel 1524 auf einen Sonnabend.

davon einen Ausdruck bei dem bekannten damaligen Schriftsteller Cochläus, dem unermüdlichen Gegner und Verleumder Luthers. „Heinrich von Zütphen", sagt er (1525), „ein abgefallener Mensch, ein unnützer, ja verderblicher Mann, der mit verkehrtem Munde alle Zeit Schmähungen aussäete unter Laien und Geistlichen zuerst zu Antwerpen, dann zu Bremen, jüngst auch zu Meldorf bei den Ditmarsern, wo er endlich für sein gebrochenes Gelübbe, für seine Untreue und seinen Meineid durch ein gerechtes Gottesgericht die Strafe erlitten hat." [1]) Wie wohlthuend klingt diesen häßlichen Worten gegenüber der Brief, welchen Johann Lang bald danach hierüber an einen Bürger zu Eisenach schrieb, worin er ihm von Heinrichs Trefflichkeit erzählt und einen kurzen Bericht über seinen Märtyrertod ihm zusendet! Und nicht minder dann das Zeugnis des Altenburger Predigers Wenzeslaus Link (des früheren Ordensvikars der sächsischen Augustiner), welcher den Brief Heinrichs an Jakob Probst in deutscher Sprache herausgab und mit einer herzlichen Vorrede versah (1525)! [2]) Beide kannten Heinrich genau und wußten von seiner Bedeutung und Vortrefflichkeit der Wahrheit gemäß zu reden. Aber vor allem kam's drauf an, wie man an den Hauptstätten seiner Wirksamkeit darüber empfand und welche Folgen sich daran knüpften.

Daß zunächst in den Dithmarsen selber die Leute nicht alle ebenso dachten, wie die Thäter und ihre Auftraggeber, bedarf wohl keines Beweises mehr. War die That doch auch dem ganzen Lande nicht anzurechnen, wie schon der alte Chronist desselben, Neocorus, mit Recht hervorhebt [3]), sondern war nur der Gewaltstreich eines von Mönchen und einigen Führern fanatisierten Haufens, in Trunkenheit und Verblendung ausgeführt. Die geordnete Landesvertretung hatte anders beschlossen, und Viele standen schon auf Heinrichs Seite. Dennoch haftete die Bluttat am ganzen Lande wie ein dunkler Fleck. Ließ doch leider die Obrigkeit dieselbe ununtersucht und gab ihr damit ihre nachträgliche Billigung. Die Dithmarser erhielten deshalb an vielen Orten den Namen „Mönckesmökers" (Möncheverbrenner), und man erzählte sich mit Grausen, daß an der Stelle wo Heinrich verbrannt worden, lange Zeit kein Gras habe

wachsen wollen.⁴) Noch viel schmerzlicher aber sollten sie 35 Jahre
später daran wieder erinnert werden. 1559 begann ein neuer
Freiheitskrieg mit dem dänischen Könige Friedrich II., und den
schleswig-holsteinischen Herzögen. Und diesmal war die alte
Widerstandskraft des tapferen Volkes gebrochen. Nach mehreren
Verlusten fand im Juni des genannten Jahres bei Heide die
Entscheidungsschlacht statt, und grade hier erlitten die Ditmarser
trotz kräftigster Gegenwehr eine große Niederlage. Ueber 3000
ihres Volkes bedeckten die Gegend, in der einst Heinrich verbrannt
worden war, und die Stadt Heide loderte in Flammen auf. Das
Volk verlor nun für immer seine Selbständigkeit. Man hat darin
von jeher ein Gottesgericht erkannt für die schreckliche That vom
10. December 1524.⁵)

Im übrigen kann man gottlob auch von anderen und
besseren Folgen derselben für das Land reden. Es mußte doch
manchem unter den Missethätern hernach bei ruhigerem Nach-
denken alles anders vorkommen, als in den aufgeregten Stunden.
Unbeteiligte aber mußten sie doch auch mehrfach mißbilligen und
verabscheuen. So war es in der That. Schon die erste alte
Erzählung sagt darüber: „Mit diesem Blut hat Gott das Dit-
marsland gedünget, daß es viel Christen tragen wird." Und
Luther, der von allem genau Kunde erhielt, schreibt im weiteren
an die Bremer: „Ich bitte euch um Gottes willen, wollet die
Leutlein in Diedmar euch lassen befohlen sein, sie freundlich
trösten, und helfen, daß sie auch herzukommen. Denn ich höre,
daß es Vielen aus der Maßen leid ist solch Unglück, durch die
Mönche in ihrem Lande ausgerichtet. Das ist ein guter Funke,
von Gott angesteckt; da will wohl ein gut Feuer aus werden,
wo ihr mit freundlichem, sanftem Geiste daran handelt, daß er
nicht ausgelöscht werde." Und ebenso: „Denn seinen Mördern
schon allzuviel und zu groß vergolten ist, daß sie ihre Hände so
jämmerlich mit dem unschuldigen Blute befleckt, und sich vor
Gott so hoch und schrecklich verschuldet haben; also daß viel mehr
Not ist über sie zu weinen und zu klagen, denn über den seligen
Henricum, und für sie zu bitten, daß nicht allein sie, sondern
das ganze Diedmarisch Land bekehrt werde und zur Erkenntnis
der Wahrheit komme. Welche Frucht tröstlich zu hoffen ist, daß

sie folgen werde aus diesem Leiden Henrici, sonderlich weil bereits viele in demselben Lande des Evangelii begierig sind, und denen leib ist solch ein Mord, unter ihnen begangen. Denn Gott, der den seligen Henricum hat wollen da lassen leiden, hat's freilich im Sinne, daß er nicht allein die Gottlosen, so sich nicht bekehren, strafen will, sondern solchen Mord vielen in demselben Lande heilsam machen und dadurch zum ewigen Leben helfen." Im einzelnen hören wir dann anderweitig, daß einer der Hauptthäter bei Heinrichs Verbrennung nachher nicht habe zur Ruhe kommen können; Tag und Nacht habe ihm vor Augen geschwebt, wie er den Unglücklichen so barbarisch an die Leiter gebunden, daß ihm dessen Blut in's Gesicht und auf die Kleider gespritzt sei.⁶)

Und so nahm denn in der That die Reformation im Lande ihren stillen Fortgang. Nikolaus Boje zu Meldorf ließ sich nicht einschüchtern, das Evangelium frei weiter zu verkündigen, und sein gleichnamiger Vetter in Weßlingburen that es mit gleichem Eifer. Trotz aller Anfechtungen und Nachstellungen der Gegner gelang es diesen treuen Zeugen und ihren Anhängern, bei den Regenten für Gottes Wort Freiheit zu erlangen und dieselbe treulich zu benutzen. Freilich von außen her wurde ihnen zunächst keine so hervorragende Hilfe wieder zu teil, so dringend sie es auch wünschten. Wohl bemühten sich die Bremischen Prediger, Probst und Timann, welche ihnen Trostbriefe zusandten, auch thatsächlich für sie, indem sie ihnen den trefflichen Adolf Clarenbach aus Lennep, damals Privatlehrer in Osnabrück, empfahlen. Dieser erhielt dann auch eine Vokation nach Meldorf, die er annahm. Aber die Sache verzog sich, und darüber wurde Clarenbach 1528 gefangen und 1529 zu Köln als Ketzer verbrannt.⁷) An seine Stelle kam ein gewisser Johann Halversdorf von Bremen nach Meldorf hin (1527), der dort lange geblieben ist. Näheres wissen wir von ihm nicht. Aber auch sonst ging die Sache vorwärts. Bald predigten auch in Heide Johann Schnecke und in Lunden Nicolaus Witt edas Evangelium, und dann andre an andren Orten. 1532 wurde an vielen Stellen bereits die päpstliche Messe abgeschafft. Von den Klöstern ging zuerst das zu Meldorf, in welchem Heinrichs Verderben geschmiedet war, ein, und dann das zu

Lunden. Allmählich wurde alles Land evangelisch. Luthers Voraussagung hatte sich völlig erfüllt. Heinrich war nicht umsonst geopfert, sein Blut war der Same der Ditmarsischen Kirche geworden.

Doch auch an andren Stellen sollte Heinrichs Tod nicht ohne Folgen bleiben. Blicken wir nur nach Bremen und nach Wittenberg. Wie schmerzlich mußten an diesen beiden Orten die Herzen vieler ergriffen sein, die den treuen Zeugen gekannt, geehrt und geliebt hatten! Die Bremer erwarteten ihn mit Sicherheit zurück, denn seiner geistigen Leitung hatten sie sich anvertraut. Statt dessen kam diese entsetzliche Nachricht, die alles Blut in den Adern erstarren machte! Was für eine trübe Advents= und Weihnachtszeit war das für Hohe und Niedrige! Wir haben darüber ein ergreifendes Zeugnis in dem Briefe, welchen Jakob Probst, nachdem er über alles (wahrscheinlich wohl durch Boje) genaue Nachricht erhalten, anfangs für die Brüder zu Antwerpen schrieb und dann an Luther sandte.⁹) Derselbe beginnt: „Was soll ich sagen, liebste Brüder? womit soll ich beginnen? Meine Seele ist in Angst, und mein Geist schreiet zum Herrn, ich habe keine Ruhe. So sage ich: siehe wie stirbt der Fromme, und niemand nimmt es zu Herzen; die Gottseligen werden umgebracht, weil niemand es versteht; denn die Gerechten werden weggerafft vor dem Unglück. Unser Heinrich, der unerschrockene Prediger von Gottes Wort, ist umgebracht und also zu Grunde gegangen, als wäre ihm Gott nicht hold gewesen! Doch ist sein Blut köstlich vor Gott, wiewohl es vor den Ditmarsern gering geachtet worden. Ach Herr, wie lange sollen wir schreien, und du willst nicht antworten? Warum siehst du die Verächter an und schweigst still, wenn der Gottlose den untertritt, der frömmer ist denn er? Ja Vater, es ist also wohlgefällig gewesen vor dir! Denn der Jünger ist nicht über seinen Meister, und der Knecht nicht über seinen Herrn. Es ist dem Jünger genug, wenn er ist wie sein Meister. Haben sie den Hausvater Beelzebub geheißen, wie vielmehr werden sie seine Hausgenossen also heißen. Darum sollen wir uns vor ihnen nicht fürchten. Denn dies ist ihre Stunde und die Macht der Finsternis. Deshalb tragen wir

Liebhaber der Wahrheit also leid und gehen traurig einher; die Widersacher aber sind froh und gehen mit aufgerichtetem Halse. Doch tragen wir über Heinrichs Tod also leid, daß wir nicht minder vor dem Herrn uns freuen, da wir gewiß sind, an ihm einen neuen Märtyrer Christi zu haben. Sie aber freuen sich vor der Welt, und ihre Freude wird, daran zweifle ich nicht, nur wie ein Augenblick sein."

Nachdem Probst hierin seiner tiefen Gemütsbewegung einen Ausdruck gegeben, erzählt er von Heinrichs Weggehen aus Bremen und seinem Ergehen in Ditmarsen in der Kürze („denn mein Geist", sagt er, „ist allzutraurig, denn daß ich viel schreiben könnte"). Hierbei preist er in rührender Weise Heinrichs Treue und Standhaftigkeit im Gegensatz zu seiner eignen Schwäche, die ihn früher in Brüssel zum Widerruf verleitet: „Also sterben die Diener Christi, also werden die Worte des Meisters erfüllt. Ich kann nicht mehr schreiben. Flehet die göttliche Majestät an, daß sie uns auch solche Standhaftigkeit verleihe. Ach daß ich doch nur ein Tröpflein solcher Treue und Standhaftig= keit gehabt hätte, so ruhete ich jetzt sicher in Christo, während ich mich nun wälze in allerlei Elend, Trüb= salen und Sünden. Lebt wohl! Der Geist Christi sei mit euch."

Sodann wendet sich Probst noch an Luther mit folgendem Schluß: „Ich hatte, liebster Vater in Christo Martinus, diesen Brief an die Antwerpener geschrieben, aber der Bote war fort= gegangen und hatte den Brief hier gelassen. So schick' ich ihn nun deiner väterlichen Liebe und flehe deine Gütigkeit an und beschwöre dich durch Jesum, daß du uns mit einem einigen Sendbrief tröstest, der für die ganze Bremer Gemeinde bestimmt ist. Bitte schlage mir das nicht ab. Denn nicht ich allein, sondern Viele bitten darum. Preise den Märtyrer Christi und strafe die Arglist der Mönche. Verzeih, ich bitte dich, meine Ungeschicklichkeit. Meine Seele ist betrübt bis an den Tod. Denn es verdrießt mich länger zu leben, weil ich allenthalben so viel Leiden sehe. Dennoch ist mein alter Adam noch nicht gestorben. Betet für uns!"

7

Wie sehr man auch in Wittenberg über den schrecklichen Heimgang dieses langjährigen Freundes und Genossen bekümmert gewesen, darüber liegen uns bedeutende Zeugnisse vor von Luther wie von Melanchthon. Bleiben wir zuerst bei Letzterem. Melanchthons Biograph Camerarius schreibt über denselben aus dieser Zeit: „Es vermehrte diese Traurigkeit (Melanchthons) die schreckliche Kunde des in demselben Jahre getöteten ernsten und standhaften, in der Lehre wohl unterwiesenen, hochherzigen, ja auch weisen und sehr bescheidenen Mannes Heinrich von Zütphen." „Sehr hatte Philippus diesen geliebt, und er war seiner Zeit zu Wittenberg allen teuerwert; und Philippus ehrte ihn durch auszeichnende Erwähnungen, die er seinen Schriften einstreute." 10) Solch eine „auszeichnende Erwähnung" finden wir nun zunächst in Melanchthons Commentar zu Daniel (Cap. 11), wo es heißt: „Aber viele, spricht er, werden fallen durch Schwert und Feuer. Auch in unserm Zeitalter fehlen Beispiele davon nicht. Ich gedenke des trefflichen, mit ausgezeichnetem Geist und Wissen begabten Mannes Heinrich von Zütphen, den die Diener des Bremischen Bischofes auf's Grausamste töten ließen, weil er in der Kirche Bremens das Evangelium rein gelehrt, da er doch auf's Bescheidenste seines Amtes gewartet hatte." 11) Das schönste und ehrenbste Denkmal aber setzte ihm Melanchthon seinerseits in einem Gedichte, einem sogenannten „Epigramm", dessen Distichen wir in folgender Uebersetzung wiederzugeben versuchen 12):

„Auch die Gegenwart sah, trotz ihres Elendes, Männer,
    die für ihr Leben allein Christum zum Leitstern gewählt.
Dort, wo der Rhein, der gespalt'ne, die Bataverinsel gebildet,
    liegt die Sigambrerstadt, Zütphen, am Ufer des Stroms.
Sie gab Heinrich das Leben; wir sahen ihn selber, wie herrlich
    er in des Lernens Begier seine Talente erschloß.
Alle die Kräfte der Seele, sie atmeten Liebe zu Christo,
    dem er von Herzensgrund gläubig sein Leben geweiht.
Und so war auch sein Wandel von so untabliger Reinheit,
    daß uns füglich sein Bild Muster der Tugenden ist.

Was auch immer vom All' die Griechen geschrieben — er wußt' es
  (denn an der Wissenschaft Quell hatte den Geist er geübt):
Welcherlei Ziele die Sonne mit goldigem Strahle berühre,
  wenn sie in schrägeren Lauf kreisend vollendet das Jahr;
Wenn sie, ferner der Erde, am höchsten Pole dahinrollt
  träge, warum dann Glut drücket das dürstende Land;
Oder warum, wenn schneller sie zieht tief unten am Himmel
  und uns näher gerückt, Winter, der kalte, sich naht.*)
Also betrachtend das All lehrt er den Schöpfer erkennen
  Und mit reinem Gemüt danken dem Herren der Welt.
„Diese Gestirne, sie machen uns kund, die leuchtenden", sprach er,
  „daß es ein ewiger Geist, welcher die Welten regiert."

Doch noch dringender lag ihm stets am Herzen, zu halten
  was das göttliche Wort heilsamer Lehre bezeugt.
Und so lehrt er's in Bremen, und hell aufleuchtet es wieder:
  „nur durch Christi Verdienst ist uns erworben das Heil!"
Doch da den Bildern der Heil'gen er göttliche Ehren entwindet,
  planen die Mönche alsbald, ihn dem Verderben zu weihn.
Und der Bischof selbst, der Tyrann, leiht Waffen den Mördern;
  so überwält'gen sie ihn, morden ihn nahe der Stadt.**)

Warum ward doch so schnell solch Licht der Kirche genommen,
  der so verwaisten, die doch seiner noch lange bedurft?
Du, den ich liebte vor andern, o Heinrich, wie wünscht' ich,
                              du könntest
  fürder in unseren Reihn teilen die Mühen des Amts!
Doch wenn dies auch das Loos der frommen Zeugen des
                              Herrn ist,
  daß man in grausiger Pein martert ihr Leben dahin:
Wissen wir doch, daß sie bleiben und haben frohe Gemeinschaft
  dort mit Christo, der Schar seliger Väter vereint."

So der feinsinnige und zur Traurigkeit geneigte Melanchthon.
Anders mußte sich die Teilnahme bei dem thatkräftigen Haupte

---

*) Diese Verse bezeugen uns Heinrichs und Melanchthons vorkoper-
nikanische Weltanschauung.
**) Wir lesen necant, nicht necat.

100

der Reformatoren gestalten. Luther war auch tief ergriffen.
„In Ditmarſen", ſchreibt er an Brismann (11. Januar 1525),
„iſt durch grauſame Wut unſer Heinrich, der Evangeliſt von
Bremen, getötet und verbrannt worden!" [13]) Aber es war nicht
ſeine Art, ſich einem derartigen Schmerze nur hinzugeben und
ihn gelegentlich auszuſprechen. Er mußte handeln, das heißt in
dieſem Falle tröſtend, ermunternd und zur That entflammend
den Tiefbetrübten nahetreten. So hatte er nach der Verbrennung
der Auguſtiner Voes und Eſch (1523) ein erhebendes Troſt=
ſchreiben „an die Chriſten zu Holland, Brabant und Flandern"
gerichtet und durch ein köſtliches deutſches Volkslied die Glaubens=
treue der Beiden vor der ganzen Nation geprieſen und als Vor=
bild aufgeſtellt, und ſo hat er hernach an die Chriſten zu Halle
bei der Ermordung ihres Predigers Winkler ein Troſtſchreiben
ergehen laſſen (1527). In dieſem Falle ſollten die Bremer ein
ſolches erhalten, da ſie vor allen des Troſtes bedürftig waren,
und da ihr Prediger ihn, wie wir vernahmen, in Vieler Namen
ſo dringend darum gebeten hatte. Das geſchah denn auch, nach=
dem Luther über die Umſtände von Heinrich's Tode noch ge=
nauere Nachrichten eingezogen hatte. Es wird gewiß ſchon in
den erſten Monaten des Jahres 1525 geweſen ſein, als drei
hierauf bezügliche deutſche Zuſchriften aus Luthers Feder in
Bremen anlangten und dort aller Herzen, ſo können wir's
denken, mit hoher Freude erfüllten.*) Es war ein Sendſchreiben
„an die Chriſten zu Bremen", und daneben „Eine kurze Aus=
legung des zehnten Pſalmen von den Märtyrern Chriſti", ſowie
„Eine Hiſtorie von Bruder Heinrichs von Zütphen Märtyrer=
tode." [14]) Wir müſſen dieſe drei Zuſchriften mit einigen Worten
charakteriſieren.

Zuerſt der Brief an die Bremer. Luther ſchreibt, er
habe die Geſchichte und Marter des ſeligen Bruders Heinrich
durch glaubwürdige fromme Leute erkunden laſſen und könne ſie

*) Ein näheres Datum als „An. 1525" iſt nicht angegeben. Nehmen
wir an, daß Luther durch Jakob Probſt und anderweitige Erkundigungen
die genaueren Umſtände erfragt und dann das Ganze zuſammengeſtellt hat,
ſo kann deſſen Vollendung immer allerfrüheſtens in den zweiten Monat des
Jahres 1525 fallen.

nun nicht mehr im Verborgenen laſſen, ſondern gedenke ſie an
den Tag zu bringen. In ſeiner Wendung hebt er dann hervor,
welch eine Gnade Gottes uns „Verdammten, Verlorenen und
Unwürdigen" darin gegeben ſei, daß nicht allein ſein Wort in
jetziger Zeit wieder leuchte wie die helle Sonne, ſondern daß auch
ſein Geiſt in ſolchen Thaten ſich lebendig erweiſe. Durch ihn
würden nun wieder mutige Herzen gemacht, die bereit ſeien ihr
Blut zu vergießen, und damit ſei wieder gekommen „die Geſtalt
eines rechten chriſtlichen Lebens." Er gedenkt dann auch andrer
chriſtlicher Märtyrer jener Tage, „unter welchen freilich dieſer
euer Henricus Südphen am allerhellſten leuchtet." Solchen Ruhm
hätten die nicht, die mit Werken, Menſchengerechtigkeit und freiem
Willen umgingen; und wenn auch ihrer etliche ſtürben, ſo ſeien
ſie nicht Gottes Märtyrer, ſondern ihrer ſelbſt und des Teufels.
Die rechte Marter (wie ſie Heinrich erlitten), zeige ſich auch
darin, daß man für die Mörder noch im Sterben bitten könne.
Weil nun Gott den Bremern ſo gnädig geweſen, daß ſie ſolches
an ihrem Heinrich erlebt, ſo habe er wollen deſſen Geſchichte
ſchreiben, damit ſie nicht traurig, ſondern fröhlich ſeien, auch
den Mördern nicht übel nachredeten, ſondern ihnen hälfen.
Dazu bitte er ſie auch, den 10. Pſalm zu ſingen, den er ihnen
hierfür auslegen wolle.

Die Auslegung des 10. Pſalmes (oder vielmehr des 9.:
„Ich danke dem Herrn von ganzem Herzen[51]") iſt, wie ſich denken
läßt, praktiſch erbaulich gehalten und ganz auf die Tröſtung und
Erhebung der Leſer gerichtet. Schon die Ueberſchrift überſetzt
Luther „Von der Jugend des Sohnes"*) und erklärt ſie: „von
den Märtyrern Chriſti, des Sohnes Gottes, welche ſind ſeine jungen,
ſtarken Leute, durch den Glauben im Tode recht völlig worden."
Im erſten Verſe erklärt er die Worte: „ich will deine Wunder
erzählen", von den Wundern „womit Gott die Welt zwingt und
bekehrt, nicht mit Gewalt, ſondern durch's Blut und Sterben
ſeiner Heiligen". In dieſer freien, keineswegs immer genauen,
aber durch kräftige und erhebende Gedanken ſtets ausgezeichneten

---

*) In ſeiner ſpäteren Bibelüberſetzung hat Luther: „von der ſchönen
Jugend." Andre überſetzen „vom Tod des Sohnes."

Weise werden alle Verse des Psalmes durchgenommen und auf
den vorliegenden Fall bezogen. Am Schlusse heißt es dann:
„Also sehet ihr hie, meine lieben Herren und Freunde, wie dieser
Psalm uns tröstet und hoffen heißet, daß durch das teure Blut
Henrici Gott viel Gutes und Nutzes schaffen wird. Darum lasset
euch trösten mit diesem Psalmen, daß sein Name geheiliget und
sein Reich gemehrt werde. Amen.“ Es folgt dann noch die
Bitte, sich die „Leutlein in Diedmar“ anbefohlen sein zu lassen
(welche Stelle wir bereits oben anführten) und schließlich noch
eine Hinweisung auf ihre gegenwärtigen Gotteszeugen: „Lasset
euch auch Jakobum Probst, euren Prediger, samt den anderen,
befohlen sein, welchem Gott mit euch allen Stärke und Gnade
gebe, daß ihr bei der Lehre, durch Henrici Blut versiegelt, bleibet
und wo es Gott fordert, ihm fröhlich nachfolget.“

Die „Historie“ endlich erzählt zuerst ziemlich eingehend Heinrichs Wirken zu Bremen und dann noch genauer sein Auftreten
und seinen Märtyrertod in Ditmarsen. Sie ist durchaus populär
gehalten und plastisch, dabei in dem zweiten Teile von
solcher Genauigkeit, daß sie nur an einigen Stellen durch gleichzeitige Nachrichten einer Correktur bedarf. Allen späteren Darstellungen, die wir in den Chroniken von Bremen und Ditmarsen,
sowie in sonstigen Schriften finden, hat sie fast wörtlich als
Grundlage gedient. Damals mußte sie den Bremern hoch willkommen sein, da sie die Gestalt des Märtyrers und seine Thaten
in ungeschminkter und verständlichster Weise allen vor Augen
führte. Schon bald erschien von ihr eine plattdeutsche Uebersetzung, welche sie den Niederdeutschen zum wahren Volksbuch
machte.*)

Es ist nun erfreulich weiter berichten zu können, daß die
Wirkung dieser Zuschriften Luthers ganz so gewesen, wie er sie
gewünscht. Der kräftige Appell verhallte nicht in den Lüften.
In Bremen ließ man sich nicht schrecken durch die große Macht
und viele List des Feindes, sondern stand fest und ging vorwärts. „Es ist ein sonderlich Mirakel Gottes (schreibt hernach

---

*) Die plattdeutsche Uebersetzung der „Historie“ (welche in manchen
Punkten vom hochdeutschen Texte abweicht) ist kürzlich abgedruckt im Brem.
Jahrbuch 1885 S. 203 ff.

Bugenhagen in der Vorrede zur bremischen Kirchenordnung), daß ihr beständig geblieben seid in so vielerlei Anfechtungen und Gefahren."

Zunächst gelang es, mit dem Erzbischof in leiblichem äußeren Frieden zu bleiben. Das angesetzte Schiedsgericht sollte ja über die streitigen Punkte befinden, und bis dahin konnte der Landesfürst nichts anfangen. Ja die Stadt stand ihm in diesem Jahre sogar einmal bei in einem Kriege gegen die Wurster (Sept. 1525), indem sie ihm einige Schiffe mit Lebensmitteln und Geschützen zu Hülfe schickte. Desto ungehinderter konnte das Reformwerk betrieben werden.

Dasselbe nahm denn auch einen energischen Fortgang. Die oben erwähnte Kommission von zehn Bürgern wurde zu einer aus Ratsherren, Bauherren und Bürgern bestehenden erneuert, welche die Sache weiter fortführte. An zwei Kirchen hatte man, wie wir wissen, bereits je einen evangelischen Prediger; jetzt wurden auch die zwei anderen Stadtkirchen damit versehen, nämlich St. Ansgarii, wo Heinrich gestanden, und St. Stephani. Beide unterstanden nicht dem Dompropst, sondern, weil sie Stiftskirchen waren und ein geistliches Kollegium besaßen, unmittelbar dem Erzbischofe. Um die Form zu wahren, hatte man sich zu St. Ansgarii bereits bei Heinrich darauf berufen, es sei Sitte, daß die Kirchspielsleute von einem fremden Prediger Gottes Wort ein oder zwei Mal zu hören wünschen dürften; weil nun der Erzbischof das nicht zugegeben, habe man sich sein Recht genommen und, weil man Gottes Wort hören müsse, den fremden Prediger behalten. Jetzt argumentierten die Führer der Gemeinde in gleicher Weise, um für Heinrich einen Nachfolger zu bekommen. Es gab darüber bittern Wortwechsel bei einer Versammlung in der Kirche, ja es kam zu Thätlichkeiten, indem ein Bürger Gröning den Barbier Segebade, der die Pfaffen verteidigte, mit der Hellebarde verwundete. Als die Kanoniker das Blut sahen, sprachen sie das Interdikt über die Kirche und hofften damit die ganze Sache beseitigt zu haben. Aber sie täuschten sich. Die Evangelischen kümmerten sich nicht mehr um solch ein Interdikt, sondern nahmen die Kirche in Besitz, indem sie die Prediger Johann Pelte (auch einen Niederländer aus Amsterdam) und

Lüder Hofe an derselben anstellten. Auch in St. Stephani
mußte ein solches Interdikt dem Evangelium die Thüren öffnen;
die Geistlichen verkündeten es, als sie einem evangelisch gesinnten
Mann aus ihrer Mitte das Begräbnis in der Kirche verweigerten,
seine Anhänger aber es erzwangen. Man erwählte hier jetzt
Martin Schütte und einen gewissen Rottger zu Predigern. Bald
erhielt auch Jakob Probst zu U. L. Frauen einen Kollegen an Johann
Selst, und nicht minder Timann an Ludolf Stunnenberg, während
für die kleine St. Remberti-Kapelle vor dem Thore der Rat den
aus dem Thüringer Kloster Walkenried entsprungenen Mönch
Johann Bornemacher mit dem Predigtamte betraute. Ein weiterer
Schritt geschah darin, daß man die katholischen Geistlichen an
U. L. Frauen und St. Martini, welche noch geblieben waren,
aufforderte, das Evangelium zu predigen, und als dieselben sich
weigerten, ihnen einfach Kirche und Pfarrhaus verbot. Von nicht
geringer Bedeutung war ferner die jetzt eintretende Veränderung
des Kultus. Bisher hatten die neuen Prediger sich dem alten
noch gefügt und daneben ihr evangelisches Zeugnis erklingen
lassen. Jetzt wurden deutsche Taufe eingeführt, das Abendmahl
in zwiefacher Gestalt ausgeteilt, die Messe gänzlich abgeschafft
und dafür der Gottesdienst nach wittenberger Vorbild umgestaltet.
Es fehlte dabei nicht an einzelnen Gewaltthätigkeiten gegen die
Bilder, im Ganzen aber gingen diese Veränderungen ruhig
vor sich.

Alles das vollzog sich in wenigen Monaten und scheint bis
zum Herbste 1525 fertig gewesen zu sein. Nur im erzbischöflichen
Dome, den beiden Klosterkirchen und einzelnen Kapellen bestand
noch das römische Kirchenwesen, ohne große Anziehungskraft aus-
zuüben. Die Stadt hatte die Reformation nicht bloß angenommen, sondern auch zur Durchführung gebracht, um sie forthin
mit Zähigkeit festzuhalten. Zwar stand das Schiedsgericht noch
wie ein Ungewitter am Himmel und trat auch am 30. September
mit ganzer Feierlichkeit in Bremen zusammen. Aber was konnte
es an den Thatsachen ändern? Eine ganze Woche lang, von
Montag dem 2. Oktober bis zum Sonnabend verhandelte man
hin und her, und die Verhandlungen, die uns im Protokoll
vorliegen, sind für den Historiker ungemein lehrreich.[16] Aber

sie fruchteten nicht das Mindeste. Man kam schließlich wieder
dahin, den Bremern einen „Anstand" bis Lätare zu vergönnen,
damit diese sich eines Besseren besinnen könnten. Aber die
Bremer zogen es vor, ihn unbenutzt verstreichen zu lassen. Die
Sache war einmal fertig und ließ sich nicht mehr zurückschrauben.
Was Heinrich durch sein Wirken in Bremen begonnen, hatte er
sozusagen durch seinen Tod zur Vollendung gebracht. Der
Schmerz und Gram über seine schändliche Verbrennung ließen
die von ihm ausgestreute Saat zu schnellster Reife kommen.
Luthers Wunsch und Hoffnung war auch hier in Erfüllung
gegangen, wie hernach im Lande der Ditmarsen.

---

7. Schluß. Erneuerung des Andenkens.

Die denkwürdige Geschichte von Heinrichs Wirken und Blut=
zeugnis konnte auch in der Folgezeit nicht so leicht dem Ge=
dächtnis entschwinden, vor allem bei denen, welche seinem Auf=
treten die Segnungen der Reformation verdankten. Sie hat in
den nachfolgenden Jahrhunderten mannigfache Bearbeitungen ge=
funden.*) Wandten sich diese in früheren Zeiten mehr nur an
die gelehrten Kreise, so sollte in unserm Jahrhunderte der Name
des Märtyrers wenigstens in den Ditmarsen und dem übrigen Hol=
stein auch größeren Kreisen kräftig in Erinnerung gebracht werden.
Den Anstoß dazu gab Claus Harms, welcher zum 300jährigen
Andenken an die Reformation im Jahre 1817 die kleine Schrift:
„Den bloodtügen för unsern glooben Henrick van Zütphen syn
saak, arbeib, lydn un bood in Ditmarschen" herausgab. Es ist

---

*) Man scheint auch einzelne Reliquien von ihm bewahrt zu haben,
wie der viel erwähnte Gelehrte Muhlius im vorigen Jahrhunderte noch den
Fausthammer vorzeigte, mit welchem Joh. Holm dem Märtyrer den Garaus
machte. Es war, so hören wir, ein Hammer mit langem Stil, der zugleich
als Wanderstock benutzt werden konnte (Hellmann a. a. O. S. 54).

ein kräftig und frisch geschriebenes Büchlein in plattdeutscher
Sprache, welches die Geschichte Heinrichs, vor allem sein Schicksal
im dortigen Lande, im Ganzen genau nach den Hauptquellen
wiedergiebt und dabei manche originelle Bemerkung macht. In
der Vorrede dazu beklagt es Harms, daß der reformatorische
Glaube im Lande zur Zeit so tief gesunken sei, also daß Un-
zählige beim Herannahen des Reformationsfestes schwerlich den
Unterschied zwischen lutherischer und katholischer Lehre würden
angeben können; da wolle er ihnen erzählen von dem Blutzeugen
jener großen Zeit, damit ihnen ihr Glaube wieder teuer werde.
Am Schlusse wünscht er, sein Büchlein möge ein rechtes Volksbuch werden.

Dasselbe hat auch ohne Frage dazu gedient, die Zeitgenossen
an den Märtyrer wieder zu erinnern. Zwar war die Zeit noch
keineswegs zu Sekularfeierlichkeiten, wie die unsrige, gestimmt,
und so ging dort auch das Todesjahr des Märtyrers in seiner
300jährigen Wiederkehr (1824) ohne Sang und Klang vorüber.
Aber gleich hernach sollte man sich ernstlicher mit ihm beschäftigen.
Es war im Jahr 1825, als die Gemeinde des Ortes Heide grade
das Feld, auf welchem glaubhafter Tradition zufolge Heinrich
bereinst seinen blutigen Tod gefunden, zu einem Begräbnißplatze
auserkor. Dabei regte sich unter den Bewohnern selber der
Gedanke, hier dem Märtyrer ein Denkmal zu errichten. Den
damals neueintretenden Prediger Schetelig ersuchte man, die
Sache in die Hand zu nehmen, welcher denn auch darauf einging, sie mit Eifer betrieb und zum guten Ende führte.[1] In
unsern Tagen würde freilich wohl mehr daraus geworden sein;
man hätte etwa einen großen Aufruf ergehen lassen, bedeutende
Sammlungen veranstaltet und ein künstlerisch schönes und dem
Andenken würdiges Denkmal an Ort und Stelle errichtet. Damals war man bescheidener. Schetelig erließ nur an die Gemeinde
zu Heide einen Aufruf, und obgleich es an Aufforderungen nicht
fehlte, er möge doch auch das übrige Ditmarserland zu Beiträgen
heranziehen, begnügte er sich mit den wenigen hundert Mark,
die sein Ort aufbrachte. Hiervon ließ er denn das einfache und
anspruchslose Monument aufbauen, welches dort jetzt noch zu
sehen ist. Es ist ein 14 Fuß hoher Obelisk aus gehärtetem

Thon; vorn unten befindet sich eine Marmortafel mit der Inschrift:

Dem Glaubenshelden
Heinrich von Zütphen,
Der dieses Feld durch sein Blut heiligte.
Geb. im Jahre 1488.
Gest. den 11. Dec. 1524.

Den Obelisken schmücken noch einige sinnige Embleme,
zunächst eine aus den Wolken hervorbrechende Sonne, darüber
ein auf Palmzweigen stehendes Kreuz, umwunden von einer
Schlange, oben ein Eichenkranz und ein Stern; auf der Hinter-
seite die Worte: Errichtet von der Heider Gemeinde, den
25. Juni 1830. Denn an diesem Tage wurde das fertige Denkmal eingeweiht.

Schetelig hatte mit Absicht diesen Erinnerungstag an die
Uebergabe der Augsburger Konfession dazu ausersehen. So
fand denn damals eine schöne und würdige Feier statt, zu
welcher die ganze Heider Gemeinde sich versammelte. Man sang
das Lutherlied und hörte die Reden der beiden Prediger Schetelig
und Bliesmann. An eine weitere Beteiligung, an Deputationen
etwa aus andern Gegenden des Landes oder von ferner her,
scheint gar nicht gedacht worden zu sein. Und doch wär's nach
unserm Gefühl wohl passend gewesen, wenn auch das nahe
beteiligte Meldorf dabei vertreten und die damals aus vielen
Orten zusammengelaufene Menge seiner Mörder durch eine ebenfalls vielfach zusammenströmende Menge von dankbaren Glaubens-
genossen gleichsam gesühnt worden wäre.[2]) Aber auch in dieser
lokalen Begrenzung und so bescheidenen Gestaltung spricht jene
Feier uns wohlthuend an: Heinrichs Andenken ist doch an dieser
Stätte seines schnöden Mordes wieder zu Ehren gekommen. Das
in der Mitte des Kirchhofes zu Heide stehende Denkmal ruft ihn
den Lebenden immer wieder in die Erinnerung und ist eine
erhebende Predigt über den Gräbern aller derjenigen, welche hier
ihre letzte Ruhestätte finden.

Seither ist Heinrichs Name noch viel volkstümlicher und
gefeierter geworden, nicht bloß in Heide, sondern im ganzen

Ditmarfer Lande und weit darüber hinaus. Auch Claus Groth, der Dichter in Holfteins Mundart, hat ihm in feinem „Quidborn" ein Lied geweiht. Aber nicht minder haben Bremen wie die Niederlande fich diefes ihres trefflichen Zeugen, diefes früh-vollenbeten und doch fo wirkungsreichen Reformators wieder erinnert und fich eingehender als bisher mit feinen Lebens-umftänden befchäftigt, um ein klares Bild von ihm dem heute lebenden Gefchlechte vorzuführen.³) Er hat es wohl verdient.

———

Nachweise und Erläuterungen.

Zu Kap. 1. Heinrichs Heranbildung.

1) Der Zuname Moller, Müller, Miller, Muller, Mulber und dergl. kommt, soweit wir gesehen, weder im 16. noch im größten Teile des 17. Jahrhunderts irgendwo vor. Noch Seckendorf nennt unsern Märtyrer in der uns vorliegenden lateinischen Ausgabe der „Historia Lutheranismi" von 1688 (1, 169) nur „Henricus, quem supra nominavi, Zutphaniensis Augustinianus"; in der deutschen Ausgabe desselben Werkes dagegen von 1714 (S. 666): „H. v. Z., der nach seinem rechten Zunamen Miller hieß". Muhlius (a. a. O.) erwähnt den Namen Möller als schon gebräuchlich, namentlich bei einem gewissen Resenius vorkommend, bezweifelt aber seine Richtigkeit. Der Name mag in der letzten Zeit des 17. Jahrhunderts irgendwo aufgekommen sein (S. Anm. 2). Hernach hat man daran festgehalten. Man vergleiche u. A. die Artikel „Moller" in den beiden Auflagen von Herzog's theol. Realencyclopädie, von denen der neuere überhaupt viel Unrichtiges enthält. Herwerden (a. a. O. S. 2) meint auch, es lasse sich nicht mehr entscheiden. Wir meinen, die Sache sei doch entschieden genug. Eine spätere willkürliche Namengebung sollte doch nur als Legende behandelt werden.

2) Das Lied (s. Wackernagel: Deutsches Kirchenlied III, S. 84 f.) ist, wie Fischer im Kirchenliederlexikon (S. 299 f.) angiebt, zuerst von J. Herm. von Elswig (um 1700) und dann von Joh. Bernh. Liebler (1720) Heinrich von Z. zugeschrieben. Daß es sehr alt ist, erleidet keinen Zweifel (nach Fischer kommt es bereits 1531 vor), aber daß der in den Anfangsbuchstaben der Verse und zuletzt eingewobene Name Heinrich Miller unsern Heinrich v. Z. meine, ist eine völlig unbeweisbare Vermutung. Schon bei Muhlius heißt sie „haud levis error". Aber man hat sie ungern aufgegeben. Gerhard Meier („Spicilegium post messem ἱστορουμένων de Henrico Zutphanio" Brem. 1722) kennt Muhlius' Einrede, läßt es aber bei einem „haud liquot", während spätere (wie Wackernagel), auch darin wieder sehr zuversichtlich, die Vermutung zu einer ausgemachten Thatsache stempeln. Unsre Ansicht, daß der Name eben jenem Liede entstamme — welches man nicht unterzu-

bringen mußte und daher unserm Märthrer zuschrieb — findet sich übrigens schon bei D. Ebersbach (a. a. O. S. 21). Wackernagel schreibt außer diesem Liede H. v. Z. noch zwei andere Lieder zu (a. a. O. S. 81 ff.), aber ebenfalls ohne die mindeste Wahrscheinlichkeit. Ist doch die Sprache derselben ober= deutsch, dazu beide in Straßburg 1522 gedruckt und ersteres „von einem Liebhaber der göttlichen Wahrheit zu Straßburg gesungen und gedichtet.“ So berichtet Wackernagel selbst, und doch sollen die Lieder Heinrich v. Z. zum Verfasser haben!

3) Eine anderweitige Begründung, daß Heinrich 1488 geboren, als die auf dem Bilde vorhandene, ist wohl schwerlich aufzutreiben, obgleich Fromme (a. a. O. S. 22) von „sicheren, gleichzeitigen Nachrichten“ darüber weiß. Selbst Muhlius, in dessen Besitz sich das Bild befand, mißt mit gewohnter Vorsicht der Angabe keinen unbedingten Glauben bei, da er sagt: „circa annum seculi decimi quinti octogesimum ferme et octavum“, und bei Heinrichs Tode: „viridi ac florente sex et triginta vix annorum aetate“. Auch Joh. Franziski („Denkmal der göttlichen Güte, durch H. v. Z. erzeiget“ Bremen 1722) und neuerdings Herwerden (a. a. O.) meinen, es müsse unge= fähr auf dies Jahr hinauskommen. Wahrscheinlich haben Heinrichs Zeit= genossen sich um sein Alter nicht bekümmert, und erst später hat Jemand dem Bilde (dessen Enstehung auch im Dunkeln liegt und wenig nach einem Originalbilde aussieht) eine eigene Tarierung beigefügt. Wiesner (a. a. O. S. 7) hat daher keinen Grund, hierin eine feststehende Thatsache zu sehen.

4) Herwerden a. a. O. S. 2 und S. 144 Anm. 7.

5) Daß Heinrich vor seinem Kommen nach Wittenberg bereits Augustiner war, wissen wir nur daraus, daß er hier als solcher immatrikuliert ist. Fromme behauptet nun, er sei früher im Dordrechter Kloster gewesen, und wir haben ihm früher beigestimmt (Biographie deutscher Männer von Lilien= korn, Artikel: H. v. Z.). Aber ein Beweis dafür ist nicht vorhanden, denn wenn er später zu Dordrecht Prior wurde, konnte er früher ebenso gut zu Haarlem oder Enkhuisen eingetreten sein. Herwerden meint sogar (S. 146 Anm. 47), das Dordrechter Kloster habe damals noch garnicht zur sächsischen Congregation gehört, allein Janssen („Jakob Präpositus“ S. 220) fixiert dessen Beitritt schon etwa auf 1493, und Kolbe („Die deutsche Augustiner= congregation und Johann Staupitz“ 1879) rechnet es auch zu den noch im 15. Jahrhundert beigetretenen. Die Möglichkeit, daß Dordrecht jenes Kloster war, liegt also vor, aber mehr auch nicht.

6) S. hierüber das eben citierte Buch von Kolbe.

7) Die Nachricht, daß Heinrich im Kloster Johannes genannt worden, finden wir zuerst in der schon dem 16. Jahrh. angehörigen Dithmarsischen Chronik des Neokorus (Ausgabe von Dahlmann 1827. II. S. 7), dann bei Muhlius. G. Meier (a. a. O.) S. 5 kehrt die Sache um und behauptet, unser Märthrer habe Johannes geheißen und sei im Kloster Heinrich genannt („Monachus vero factus — induit sibi nomen Henrici“). Ihm folgt Franzisci (a. a. O. S. 2), welcher die Frage, warum derselbe später seinen

ursprünglichen Namen nicht wieder angenommen, damit beantwortet, es sei
nicht nötig gewesen, da Johannes und Heinrich die gleiche Bedeutung hätten
(Johannes heiße Gnadenreich, und Heinrich auch = Chen (Gnade)-reich)?!

8) Album Academiae Vitebergensis ed. Förstemann für 1508 vom
1. Mai bis 18. October: „Fr. Hinricus Gelrie de Zutphania ord. Augustini.“
Erst im folgenden Semester findet sich Luther inskribiert.

9) Luther an Joh. Lang vom 16. Okt. 1516 (de Wette: Luthers
Briefe I, S. 42): „Henricus, noster olim (ut illi dicunt) constudens“.
Muhlius führt dazu ein altes Zeugnis des Jakobus Brocarbus an, daß
Heinrich damals „cum ipso Luthero in eodem monasterio vixisse“.

10) Johann Lang, der spätere Freund Luthers in Erfurt, ist 1511
(nach dem 24. Aug.) in Wittenberg immatrikuliert worden. S. Köstlin:
M. Luther, 2. Auflage I, 109. Kolbe: Analecta lutherana S. 4. Anm. 2.
Langs Brief an Mag. Caspar Schalb zu Eisenach als Vorrede der oben
erwähnten kurzen Geschichte H.'s v. Z. 1525. (Nach dem Druck auf der Bremer
Stadtbibliothek f. Brem. Jahrbuch a. a. O. S. 194 ff.)

11) Luther bezeichnet 1516 (a. a. O.) Heinrich als Lector Henricus,
was sich nicht wohl anders als auf die frühere Wittenberger Zeit beziehen läßt.

12) Es scheint freilich, als ob Heinrich schon 1509 nach Cöln gekommen
sei. Denn in der Cölner Universitätsmatrikel steht: „1509, 22. Okt. Henricus
Zutphanie ad artes juravit et solvit“. S. Krafft: Briefe und Dokumente
aus der Zeit der Reformation S. 49. Krafft selber bezweifelt, daß sich diese
Notiz auf unsern Heinrich beziehe. Jedenfalls fehlt hier die Bezeichnung der
Mitgliedschaft des Augustinerordens, und die angeführte Notiz von Lang,
der (nach 1511) 3 Jahre mit ihm in Wittenberg studiert haben will, steht
dem entgegen. Oder man müßte annehmen, daß Heinrich 1508 im Sommer
nach Wittenberg gekommen, dann schon 1509 im Oktober nach Cöln, dann
wieder 1511 nach Wittenberg und 1514 wieder nach Cöln. Aber statt dieses
bunten Hin und Her scheint uns einfacher, die Notiz von 1509 zu Cöln
auf einen Namensvetter und Heimatsgenossen Heinrichs zu beziehen.
Sein nachheriger wirklicher Aufenthalt nach Cöln geht aus dem erwähnten
Briefe von Luther hervor. Das Fehlen seines Namens in der Universitätsmatrikel beweist, daß er sich hier vorwiegend der Ordensthätigkeit gewidmet.

13) Krafft (a. a. O. S. 49) erwähnt, daß Adolf Clarenbach von 1514
an auf der Laurentianer Burse immatrikuliert gewesen.

14) Außer bei Luther a. a. O. haben wir auch eine andere Nachricht,
daß Heinrich 1515 Prior zu Dordrecht gewesen (Hertwerben a. a. O. S. 12
nach Schotel: Het Hoff en de Kerk der Augustinen te Dordrecht).

15) Luther an Lang vom 30. August 1516 (de Wette I, S. 30):
„Scribit magister Johannes Vogt, magistrum Johannem Mechliniam ad
se scripsisse de reformatione conventus Dordracensis, R. patrem esse
appetitum a duce Carolo et senatu civitatis ejusdem; ego nollem
id fieri“.

16) Luther im ersten Briefe (vom 26. Okt. 1516): „Scripsit mihi
R. p. mag. Johannes Husdensis, prior Coloniensis, patrem mag. Spangenburg cum magna gloria et charitate susceptum a Dordracensibus civibus,
conventumque brevi futurum caeteris insigniorem".

17) Herwerden (a. a. O. S. 20 ff.) und Kolbe: Deutsche Augustiner-
congregation S. 385 ff., nach Schotel a. a. O. Beide nehmen an, daß die
Angabe bei Schotel, die Unruhen im Dordrechter Kloster seien am 18. März
1517 entstanden einen Druckfehler enthielten und daß es 18. März 1518 heißen
müsse. Damit gewinnt die ganze Notiz, welche vor Beginn der Reformation
unverständlich bliebe, erst einen Sinn und stimmt zu den sonst bekannten
Notizen. Kolbe erwähnt, daß Floris Dem's Familie seit zwei Jahrhunderten
durch die Antoniusbruderschaft dem Kloster nahegestanden, woraus sich sein
Eifer in der Sache erklären läßt. Die Namen der aufrührerischen Mönche
sind: Peter von Ferrenwarde, Cornelis von Rijmerswele, Gerrit be Man
und Simon von Mecheln.

18) Luther (bei de Wette I, 341): „Scripsit mihi uterque prior in-
feriorum partium, Jacobus et Henricus, querulosissime ao desperatissime
prorsus, teto implorantes, nihil agi per eorum vicarium, missuros tamen
dicunt se fratres, imo se ipsos venturos."

19) Luther an Melanchthon vom 26. Mai 1521.

20) Herwerden (a. a. O. S. 25). Als Prior zu Dordrecht wird nämlich
1520 nicht mehr H. v. Z., sondern Johann von Osbach aufgeführt.

21) So u. a. Fromme S. 30. Eine historische Notiz darüber findet sich
nicht vor.

22) Die Nachricht, daß unser Heinrich der Uebergabe der Bulle durch
die päpstlichen Legaten an Kurfürst Friedrich zu Cöln beigewohnt und darüber
den erhaltenen Bericht abgefaßt habe, findet sich in älteren und neueren
Büchern. S. Luthers Schriften von Walch XV, 1919 ff; Ebersbach a. a. O.
S. 23 f.; Gieseler Kirchengesch. III, 1 S. 88 Note 67; Herwerden, Fromme,
Ilen (Biographie deutscher Männer) und Wiesner (a. a. O. S. 21). Ihre
Unrichtigkeit zeigt Köstlin (Luthers Leben I, S. 796 Anm. 399. cf. Krafft
a. a. O. S. 50.) Hiernach beruht die Notiz, daß Heinrich den Bericht verfaßt,
auf einem Versehen. Nur die drei beigefügten Anekdoten nämlich tragen in
der ältesten Ausgabe die Unterschrift: „Per Henricum priorem Gandensem
quorundam scripta", der eigentliche Bericht aber nicht. Aber selbst für die
Anekdoten ist nur die Autorschrift eines Heinrich feststehend, welcher „prior
Gandensis" (vielleicht = Prior von Gent; Wiesner meint von Gouda)
gewesen. Das wäre aber bei unserm Heinrich erst nachzuweisen und paßt
durchaus nicht zu den bekannten Angaben. Mithin fällt das Ganze in sich
zusammen.

Zu Kap. 2. Fortentwicklung zu Wittenberg.

1) Der erste feste Haltpunkt für Heinrichs Kommen nach Wittenberg
ist seine gleich zu erwähnende Disputation daselbst am 12. Januar 1521.

Dieselbe setzt aber wohl sicher eine akademische Vorbereitungszeit von mindestens einigen Monaten voraus, weshalb, im Zusammenhang mit dem oben Erwähnten, Heinrich irgendwann im Laufe des Jahres 1520, vielleicht im Sommer oder Herbst borthin gekommen sein wird.

2) Luthers damaliges Winterdekanat an der theologischen Fakultät dauerte vom 18. Oktober 1520 bis 1. Mai 1521, wurde aber durch seine Wormser Reise abgekürzt. Die Notiz über Heinrichs Disputation bei Förstemann: Liber Decanorum Theol. Vitebergensis (Lips. 1838 S. 14): „Anno Domini MDXX sub decanatu hiberno Reverendi Patris Dni Martini Lutheri respondit pro Bibliis pater Henricus Zutphanien. Augustin. feria sexta post Epiphanie anno 1521, feria sexta proxima promotus". Eine Zufügung aus Melanchthons Feder sagt: „sub Reverendo patre d. doct. Petro Lupino". Dieser Lupinus Rabhemius (ein Gesinnungsgenosse Luthers — de Wette a. a. O. 1, 108 — der am 1. Mai d. J. starb) war also sein Promotor.

3) Köstlin a. a. O. 1, 97.

4) Der lateinische Text der Thesen in den „Unschuldigen Nachrichten" von 1709 S. 25 ff., bei Muhlius S. 459 ff., Gerdes (Historia Reformationis 1749. III, S. 16 ff.) und Brem. Jahrbuch a. a. O. S. 285 ff.

5) Herwerden a. a. O. S. 52 ff. hebt diese Verschiedenheit von Luther ebenfalls hervor und führt sie auf den Einfluß des Erasmus zurück, dessen „Handbuch vom christlichen Kriegsmann" Heinrich wahrscheinlich gekannt habe. Uns scheint nicht nötig zu sein, Heinrich, weil er ein Niederländer war, zu einem Schüler des Erasmus zu machen; er hat sich auch in andern Punkten als ein selbständiger Forscher bewiesen.

6) Brief an Melanchthon 26. Mai 1521 (de Wette a. a. O. II, 12).

7) Janssen: Jakobus Präpositus (Amsterdam 1862 — holländisch) S. 22 ff.

8) Liber Decanorum p. 25: „Anno MDXXI sub estivo decanatu Andree Carolostadii F. Henricus Zutphaniensis XI Octobris respondit pro sentenciis post prandium presidente Feldkirchio et promotus fuit". Herwerden (a. a. O. S. 57) hält diese Promotion für die zum Licentiaten, obwohl es doch ausdrücklich heißt: respondit pro sentenciis.

9) Link bezeugt es in dem hernach zu erwähnenden Briefe von 1525, daß Heinrich „der heil. Schrift Licentiat" geworden.

10) Krafft: Briefe und Dokumente S. 50 f. (nach einer Basler Sammlung.)

11) So bemerkt auch Krafft a. a. O.

12) Bei Kapp: Nachlese nützlicher Urkunden, und Gerdes a. a. O. S. 20 ff.

13) Herwerden a. a. O. S. 66 f.

14) Köstlin a. a. O. I, 107.

15) Den Brief von Link nach dem oben erwähnten Druck auf der Bremer Stadtbibliothek s. Brem. Jahrbuch a. a. O. S 201 f.

16) S. Melanchthons Worte über H. v. Z. im 6. Abschnitt.

17) Da Heinrich später immer so fest darauf bestand, an keinem Platze zu predigen, wohin er nicht einen bestimmten Ruf erhalten (s. b. folgd. Abschnitt), so darf man annehmen, daß er auch nach Antwerpen nicht ohne irgend eine äußere Veranlassung gekommen sein wird. Es kann sehr wohl sein, daß vom Kloster aus ein Brief an ihn gelangt war, von dem wir nur nicht wissen.

Zu Kap. 3. Die Katastrophe zu Antwerpen.

1) So Herminghoff a. a. O. S. 78 f. nach holländischen Berichten.

2) So Heinrich selber in seinem nachher weiter zu erwähnenden Briefe an Probst und Rehner vom 29. November 1522 (Brem. Jahrb. a. a. O. S. 241 ff.), besgl. Wolfgang Rychardus in einem Briefe an Joh. Aleg. Brassicanus vom 25. Nov. 1522 (Kolbe: Analecta lutherana S. 49 f.)

3) Herminghoff erzählt (a. a. O. S. 79), Heinrich habe an diesem Tage in der Nähe der Michaelisabtei auf offener Straße geprebigt und sei babei ergriffen und gefangen gesetzt worden. Davon erwähnt aber dieser selbst und auch Rychardus nichts; wir wissen auch nicht, aus welcher Quelle diese Notiz herstammt.

4) Heinrich erzählt selber, er habe eine Zeit lang sich in dem Hause „Kertmaes" verborgen gehalten.

5) „Non vocatus vel petitus non praedicabo" a. a. O.

6) Luther schreibt an Link (19. Dec. 1522 — be Wette II, 265): „Monasterio expulsi fratres, alii aliis locis captivi, alii negato Christo dimissi, alii adhuc stant fortes, qui autem filii civitatis sunt, in domum Beghardorum sunt detrusi; vendita omnia vasa monasterii et ecclesia cum monasterio clausa et obstructa, tandem demolienda. Sacramentum cum pompa in ecclesiam beatae Virginis translatum, tanquam e loco haeretico, susceptum honorifice a Domina Margareta; cives aliquot et mulieres vexatae et punitae." Vergl. hierzu die ergänzenden Berichte von Rychardus und von Heinrich selbst.

Zu Kap. 4. Reformatorische Wirksamkeit in Bremen.

1) So findet sich's in den geschriebenen bremischen Abhandlungen resp. Historien von Krefting, Hilbebrandt und Koster, alle dem 17. Jahrhundert angehörig.

2) Heinrich schreibt im ersten Briefe aus Bremen: „Postea veni Bremas, nihil minus suspicatus, quam a me postularent verbum", und im zweiten: „Scias me praeter spem et nihil minus cogitantem vocatum esse." Brem. Jahrb. a. a. O. S. 243 u. 247.

3) Brem. Jahrb. VIII., S. 98.

4) Der Brief nach einem auf der Bremer Stadtbibliothek vorhandenen Kollektaneenbuch von Jakob Probst zuerst von Krafft a. a. O. S. 45 ff. mitgeteilt, dann von uns im Brem. Jahrb. Da Heinrich in demselben nichts

über seine Erlebnisse in Antwerpen sagt, so darf man annehmen, daß er Hecker bereits davon erzählt hat und also bei ihm gewesen ist.

5) Der Tag von Heinrichs Kommen nach Bremen ist nicht bemerkt; wahrscheinlich ist es kurz vor dem 9. November, seinem ersten Predigttage, gewesen.

6) Heinrich schreibt im ersten Briefe: „Innotui tamen civibus aliquot civitatis, quibus sermonem a me petentibus non potui non obtemperare" Im 2. Briefe bezeichnet er diese Leute als fratres.

7) S. Brem. Jahrb. VIII. S. 103.

8) Es werden in der Bremer Chronik und bei Hildebrandt (17. Jahrh.) genannt: Der Ratsherr Hinrich Esich, Eberhard Speckhan, Johann Hilmers, Johann Vulgrewe, Johann von Münstermann und andere angesehene Bürger.

9) So Hildebrandt. — Die betreffende Kapelle, später durch einen Umbau um ein Stück verkleinert, mag damals für einige hundert stehende Zuhörer bescheidenen Platz gewährt haben. Jetzt wird sie für den Heizapparat der Kirche benutzt.

10) Luther an Link vom 19. Dec. 1522 (be Wette II, 254. Brem. Jahrb. 2. Serie 1. Bd. S. 279).

11) So schreibt er im zweiten Brief: „Ego interea expostulatus continuo (= ich fahre fort) per singula festa sermonem." (Krafft hat hier a. a. O. Egi stat Ego, ist aber jetzt der Meinnng, daß das in Probst's Sammlungsbuche stehende Ego richtig sei, ebenso wie an derselben Stelle des ersten Briefes: „interim ego sermonem continuans."

12) Erst im zweiten Briefe, vom 13. Dec., erwähnt Heinrich, daß er von Luther billigende und tröstliche Zuschrift erhalten.

13) Die später aufgekommene Nachricht, Heinrich habe hernach in der Kirche selbst gepredigt, beruht auf der falschen Voraussetzung, dieselbe habe damals unter dem Interdikt gestanden. Das geschah erst nach Heinrichs Tode. S. Jahrb. VIII, S. 71.

14) „per singula festa", sagt Heinrich, und in den Chroniken steht, die Pfaffen hätten täglich ihre Kapellane zu ihm in die Predigt geschickt, um ihn auszukundschaften zu lassen.

15) Bericht des Generaloffizials an Erzbischof Christoph über Heinrich v. Z. in den Brem. Jahrb. a. a. O. S. 108 ff.

16) Diese beiden ersten Mitteilungen finden sich nicht beim erzbischöfl. Generaloffizial, sondern teils in einer Verhandlung zu Basbahl vom 1. Sept. 1524 (f. unten), teils im Gespräche von 1525 (f. Brem. Jahrb. VIII, S. 88). Die übrigen Citate sind sämtlich aus dem Bericht des Ersteren.

17) In Heinrichs zweiten Briefe heißt es: „citatoque coram consistorio canonicorum precipitur mihl, ne amplius predicem, cumque respondissem, oportere me deo magis obtemperare quam hominibus nec velle petentibus verbum negare, incalescit conspiratio."

18) Ueber die Stellung des Rats berichten übereinstimmend die Chroniken und Heinrichs erster Brief. Die Episode von dem Bürgermeister v. Borden bei Krefting und Hilbebrandt.

19) „Impetrato mini sub fide publica conducta ab oppidi magistratu", schreibt Heinrich hernach. Der Rat besteht hernach darauf, daß er Heinrich „geleidet", d. h. mit seinem Schutz und Geleit versehen habe.

20) „Mox interjectis vix octo diebus archiepiscopus legationem Bremas mittit" — schreibt Heinrich (13. Dec.).

21) Die Namen und Verhandlungen in dem Denkelbuch Daniel von Bürens s. Brem. Jahrb. II, Serie 1, S. 175 ff.

22) „vocantes civium capita et artificum prepositos, ut votis presulis subscribant" — schreibt Heinrich (29. Nov.).

23) Luther an Link (Brem. Jahrb. a. a. O. S. 249: „Miro desiderio et voto populus afficitur, denique nuper ad nos proprium bibliopolam aliqui instituerunt, qui ad eos ferat libros ex Witemberga."

24) Diesen Brief Heinrichs an Johann Probst und Pater Reiner s. bei Gerdes Historia Ref. III, Monum. S. 137 und Brem. Jahrb. a. a. O. S. 241 ff. Eine deutsche Uebersetzung desselben ließ W. Link, der frühere Ordensvikar, dann Prediger zu Altenburg 1525, gleich nach Heinrichs Tode, mit einer Vorrede im Druck erscheinen, wovon sich noch ein Exemplar auf der Bremer Stadtbibliothek befindet. Der Brief enthält vor allem die Beschreibung der Erlebnisse Heinrichs in Antwerpen und auf der Flucht, und ist daher seinem Hauptinhalte nach schon vorgekommen.

25) Brief Heinrichs an den Augustiner Gerhard Hecker s. Krafft a. a. O. S. 45 ff. und Brem. Jahrb. a. a. O. S. 246 ff.

26) Aus von Bürens Denkelbuch s. Brem. Jahrb. a. a. O. S. 177 ff.

27) Luther an Spalatin vom 3. Aug. 1525 (da Wette II, 377): Baalitae inferiores egerunt apud Isabellam, ut a Bremensibus postularent s. Henricum, tanquam Caesaris captivam. Quid Bremenses sint facturi, nondum scimus."

28) Bremische Chronik: „Seben barbenesen, wo be Monnick Fruwen Margareten, des Kaisers Suster (sic!), gefangen were, brachten od Fruwen Margareten Druwebreve darup, damit se öhren gefangen forderde. Dat halp od nicht, wente der Rahb gaf enen iberen gut beschedlike antword."

29) Das Ausschreiben des Erzbischofs über das Provinzialkonzil vom 24. Febr. 1523 (lateinisch) und den Geleitsbrief an Br. Heinrich vom 25. Februar 1523 s. Brem. Jahrb. a. a. O. S. 1 ff.

30) So Brem. Jahrb. a. a. O. S. 181. Hier wird in einer Unterredung vom 10. Aug. 1523 vom Bürgermeister D. v. Büren erwähnt, der Mönch habe sowohl „lange vorhenn", als auch „am avende Laurentii", also am 9. August, die Genannten zu einer Disputation aufgefordert.

31) So erklären die Bremer im Gespräch vom 30. Sept. bis 7. Oft. 1525 s. Brem. Jahrb. a. a. O. S. 24 f.

32) Gespräch von 1525. Brem. Jahrb. a. a. O. S. 25.

33) S. den plattdeutschen Text der Thesen im Brem. Jahrb. a. a. O. S. 292 ff. nach Mußlius a. a. O. S. 465 ff. Ueber das Verhältnis des lateinischen und plattdeutschen Textes zu einander f. unsre Bemerkungen im Brem. Jahrb. a. a. O. S. 285 ff.

34) Es ist uns nicht gelungen, eine Spur von den Akten des Konzils zu entdecken; sie scheinen gänzlich verloren zu sein.

35) In der Versammlung vom 24. März 1523 teilt der Bürgermeister den Bürgern mit, der Erzbischof habe vor einigen Tagen an der Domkirchenthür „eine päpstliche Bulle und eine kaiserliche Bulle" gegen Martinus Luther aufschlagen, ebenso die Bremer warnen laffen vor „ketzerischer Lehre." S. Brem. Jahrb. a. a. O. S. 179. Später (1524) kommt auch vor, daß die betreffenden Mandate „auch an unser Rathaus" angeschlagen worden sind. S. Brem. Jahrb. a. a. O. S. 12. Ein Exemplar des Wormser Edikts, welches ersichtlich hier angeschlagen gewesen ist, befindet sich noch auf dem Bremer Stadtarchiv.

36) Ueber den Reichstag zu Nürnberg f. Ranke: Deutsche Geschichte im Zeitalter der Ref. II, S. 37—64. Es hieß auf demselben: „Die Stände seien nicht gesonnen, durch Tyrannei die evangelische Wahrheit verdrucken zu laffen, und begehren nach einem freien chriftlichen Konzilio."

37) S. Brem. Jahrb. a. a. O. S. 180.

38) S. Brem. Jahrb. a. a. O. S. 180 ff.

39) Das Schreiben des Bremer Rats an Stade und Burtehude von Ende August oder Anfang 1523, mit Beziehung auf die Verabredung zu Basdahl, f. Brem. Jahrb. a. a. O. S. 6 ff.

40) S. Gespräch von 1525 im Brem. Jahrb. a. a. O. S. 41.

41) Ueber den Zeitpunkt der Klosterzerstörung f. Brem. Jahrb. a. a. O. S. 224.

42) S. Gespräch von 1525 im (Brem. Jahrb. a. a. O. S. 20.)

43) Bericht des Erzb. Offizials im Brem. Jahrb. VIII, S. 108 ff.

44) S. Brem. Jahrb. II, Serie I, S. 224 ff.

45) S. Brem. Jahrb. a. a. O. S. 225 und Hiftorie des Aufftandes von 1530—35. Auch im Domkapitel, unter den Priestern und Kapellanen, heißt es hier, hätte es in dieser Zeit verschiedene Uebertritte gegeben.

46) Gespräch von 1525 Brem. Janrb. a. a. O. S. 44.

47) Brem. Jahrb. a. a. O. S. 250.

48) In den Bremischen Chroniken wird Timanns Anstellung erst 1525, also nach Heinrichs Fortgehen, gesetzt, allein eben dort (wie bei Luther) kommt derselbe schon vorher, neben Heinrich vor. Auch im Gespräch von 1525 wird seine Anstellung neben der von Probst erwähnt.

49) Spangenberg: Chronik der Verdener Bischöfe.

50) Brem. Jahrb. a. a O. S. 10.

51) Spangenberg a. a. O.

52) Schreiben des Bremer Rats an den Erzbischof f. Brem. Jahrb. a. a. O. S. 12 f.

53) Es heißt nämlich im Gespräch von 1525 (Brem. Jahrb. a. a. O.
S. 33): „Den von Bremen were auch durch S. F. G. gebotten worden,
bruder Heinrich und andere Predikanten zu verlaffen, S. F. G. wolte fie
mit andern geiftlichen und erlichen perfonen verforgt haben; beme fo nicht
gefchehen.“

54) Gespr. von 1525 (Brem. Jahrb. a. a. O. S. 23). Hier heißt es,
daß der Prior des Klofters St. Catherinen „mit den feinen angefangen und
unterftanden, die Predikanten, wie vorgerürt, nicht allein auf iren canßeln
mit ungebürlichen worten zu fchelten, fondern legen das gottlich wort
offentlich gefagt und gelehret“, und dann: „Auf das folchem fur-
gekommen mochte werden und das gottliche wort nicht geleftert. —“

55) S. Brief der Herzogin Margarete von Lüneburg an den Rat zu
Bremen im Brem. Jahrb. a. a. O. S. 53 ff. Der Brief ift vom 4. Oktober
1525, doch glauben wir, bezieht fich das darin erwähnte Auftreten der
Celler Mönche auf das Jahr 1524, vor allem weil fchon in der Verhandlung
vom 1. Sept. 1524 der Erzbifchof fich wegen des Auftretens der Franzis-
kanerbrüder als ohne fein Wiffen gefchehen entfchuldigen läßt (f. Brem.
Jahr. a. a. O. S. 189 und unfre Bemerkung im Brem. Jahrb. VIII,
S. 61, Anm.*).

56) Verhandlung vom 30. Juli 1524 (f. folgende Anm.).

57) Brem. Jahrb. II, Serie I, S. 182 ff. 1) Verhandlung am Tage
Abdon et Sennen martyrum (30. Juli 1524) zwifchen den 4 Bürgermeiftern
und einigen Gliedern des Domkapitels (genannt werden der Dompropft,
Dierk Frefe und Gerd von Dinklage) wahrfcheinlich im Capitelfaale zu
Bremen, und 2) Sonnabend vor Assumpt. gloriosae virginis Mariae
(13. Aug.) zu Basbahl.

58) Verfammlung am Tage Egidii (1. Sept.) zu Basbahl — Brem.
Jahrb. a. a. O. S. 185.

59) Die Erzählung in den Bremer Chroniken. Die Briefe des Papftes
an Erzbifchof Chriftoph und die Herzoge Friedrich und Chriftian von
Schleswig-Holftein im Brem. Jahrb. a. a. O. S. 55 ff.

60) Brief Luthers an H. v. Z. (nach Kolbe: Analecta lutherana
S. 49 ff.) f. Brem. Jahrb. a. a. O. S. 55 ff.

61) Die Berichte über das Scheiden Bruder Heinrichs in Luthers
„Hiftorie“ und den Bremer Chroniken. Probft fchreibt darüber nur (f. unten):
„Henricus, ut erat cupidus verus Christi testis, illuc profectus est,
confidens in domino, renitentibus amicis; quos noluit audire, quia sese
vocatum a deo dicebat.“ Daß er und Timann ihm zugeredet, fagt er
alfo nicht, auch Luther nicht, fondern nur eine der Bremer Chroniken (von
Renner). Aber wir haben fonft keine Urfache, die Richtigkeit diefer fpäteren
Angabe zu bezweifeln. — Herwerden (a. a. O. S. 96) nennt unter den von
Heinrich berufenen Bremern fälfchlich: „Johan Uilken“ (wohl nach Muhlius:
Johann Willens) ftatt: Johann Hilmers.

62) Es ist ein wesentlicher Unterschied zwischen dem Berichte Luthers und der älteren Bremer Chronik (Sparenberg) einerseits und andererseits zwischen dem der späteren Bremer Chronik (Renner) über diese Abschieds- unterredung. Nach ersterem weisen die Bremer Freunde auf die erwähnten Umstände hin, sowie auf die Gefahren der Reise; auch bemerkt Luther: „Denn sie wußten wohl, was die Dibmarer vor ein Volk waren." Nach dem zweiten sprechen die Bremer dies selbst aus; die Dibmarer werden „böse Buben" genannt, ihr Land als ein „offenes" bezeichnet, das ihm keinen Schutz biete, und ihm grabezu der Tod prophezeit. Das erweckt dann bei Heinrich die mitgeteilte freudige Glaubensäußerung, daß er gern bereit ist, dort zu sterben. Offenbar ist dieser Bericht nach dem Erfolge gefärbt. Es macht einen viel natürlicheren Eindruck, wenn die Bremer wohl hinsichtlich der Reise für Heinrich fürchten, auf welcher er des Erzbischofs Leuten in die Hände fallen konnte, nicht aber hinsichtlich des Dithmarservolkes; kannte man letzteres auch wohl als ein sehr selbständiges, so wußte man darum doch noch nichts von seiner Stellung zur Reformation. Die Glaubensäußerung Heinrichs entspricht ganz seinem helbenmütigen Wesen, aber sie scheint hier doch mehr aus den späteren Ereignissen entstanden zu sein.

63) Es steht nicht genau fest, wann Heinrich seine Mönchstracht abge- legt, die er beim Einzuge in Bremen noch hatte, beim Einzug im Dithmarser Lande dagegen nicht mehr trug. Luther betrieb bekanntlich seit seiner Rückkehr von der Wartburg die Auflösung der Klöster und die Verehelichung der Mönche und Kleriker. Er selber trug schon 1520 in seiner Wohnung das Ordenskleid nicht mehr und am 9. Oktober 1524 legte er's auch öffentlich ab (Köstlin: Luther I S. 599). Da von Heinrich während seines Bremer Aufenthaltes nichts derartiges vorkommt, so scheint uns am natürlichsten anzunehmen, daß er erst zu seiner Abreise die weltliche Kleidung angethan.

Zu Kap. 5. Kurzes Wirken und Märtyrertod im Ditmarserlande.

1) In der Nähe von Melborf erhielt der sog. „Tieffenkarkhof" = Hussiten- kirchhof die Erinnerung an dies Ereignis noch lange lebendig. So Wiesner (a. a. O. S. 36).

2) Fromme (a. a. O. S. 74) schreibt fälschlich: Nikolaus Torneberg, statt: Augustinus Torneborch, und macht denselben zum Prior der grauen, statt der schwarzen Mönche. Thelemann (Herzogs Realencyclopädie, Artikel: Moller) läßt ihn gar Augustinerprior (!) sein. Wichern („Märtyrer, insbes. der evang. Kirche" 1845 S. 22) macht ihn zum „Prior des neuerbauten Dominikanerklosters zu Lund" (sic), statt des (schon älteren) Dominikaner- klosters zu Melborf.

3) Hellmann: Kurz verfaßte Süderbithmarsische Kirchengeschichte (Ham- burg 1735), S. 35 ff. — wo auch der angeführte Ablaß des Arcimbold mit-

geteilt wird. Desgl. bei Claus Harms: Den bloodtügen för unsen glooben Henrik van Zütphen ꝛc. (Kiel 1517), S. 30 ff.

4) Neocorus: Chronik des Landes Dithmarschen herausg. von Dahlmann I, 548.

5) Hellmann a. a. O. S. 59 f. Boje's Name findet sich im Album Viteb. 1518: „Nicolaus Matthei melderpht Premen. dioc." — Die ganze Geschichte, soweit sie im Ditmarserlande spielt, ist auch populär dargestellt in der lieblichen Erzählung von A. Willms: „Die beiden Boje. Ein Blatt aus der Reformationsgeschichte." (1880).

6) Neocorus a. a. O. II, S. 30 ff.

7) Hellmann a. a. O. S. 45. — Dr. Klippel (Herzogs Realenthcl. 1. Aufl.) setzt hier statt Brunsbüttel das viel weiter elbaufwärts gelegene Brunshausen.

8) Cl. Harms bemerkt dabei (a. a. O. S. 67): „Aber disse witte buuf, dat reine evangelium vom himmel, kun sick to anfanck op keene stehb fester baalsetten, den da weern twe hääften- (Habichts-) nester in Dithmarschen, de beiden Klöster to Melbörp un to Lunden, de brööbn so vehle jungen uut, dat se verfolgt worb in alle karspeln."

9) Magister Johann Günther, der Regierungskanzler oder „Schreiber", erscheint auch vielfach mit dem weiteren Zunamen: Warner (oder Werner.) So Neocorus a. a. O II, S. 120 und spätere. Die Bremer Chronik macht aus ihm „einen fetten, dicken Mann."

10) Luther schreibt: „Da die armen ungelehrten Leute solches höreten, schrieben sie bald und beschlossen ihn zu töten, den sie doch nicht gesehen, viel weniger gehöret noch überwunden hatten" — (so nach ihm Neocorus und Hellmann.) Gleich hernach aber ist auch bei Luther von einem Bluturteile garnicht mehr die Rede, sondern man beschließt nur, den Meldorfern aufzugeben, Heinrich nicht predigen zu lassen und ihn zu verjagen. Die Bremer Chroniken lassen dasselbe daher mit Recht weg, und Cl. Harms schreibt geradezu: „Da war noch keen Blotordeel fällt". Es kann also höchstens, wie wir es aufgefaßt, während der Beratung von Einzelnen die Meinung ausgesprochen sein, es sei am einfachsten, Heinrich umbringen zu lassen. Wäre irgend ein Beschluß darin gefaßt, so hätten sich die Mörder später darauf berufen können, was aber nie geschah.

11) So nennt ihn Neocorus. Luther, augenscheinlich ungenau, Dethlenes.

12) „Historia wie S. Heinrich von Zutphan newlich in Dittmars umbs evangelions willen gemartert und gestorben ist. Anno MDXXV." Nach einem alten Druck auf der Bremer Stadtbibliothek. Jetzt herausgegeben in den Brem. Jahrb. a. a. O. S. 191 ff. Als Einleitung dazu der früher erwähnte Brief von Johann Lang in Erfurt an Magister Caspar Schalb zu Eisenach. Nach diesem Briefe ist der Verfasser „ein redlicher, gelährter Doctor" — wahrscheinlich (wie der Herausgeber Dr. Dünzelmann vermutet) Wencesl. Link, welcher gleich darauf als Herausgeber des ersten Briefes von Bruder

Heinrich (an Probst und Reyner) in demselben Drucke figuriert. Diese „Historia" ist sehr kurz gegen die von Luther, enthält aber manche durchaus originelle Züge und Reflektionen.

13) Vom Hamburger Bier schreiben Probst, die „Historia" von Link und Luther; doch sind's bei Luther und seinen Abschreibern nur 3, in der „Historia" 12 Tonnen gewesen. — Letzteres paßt bei der großen Menschenmenge offenbar besser. Daß es vom Meldorfer Kloster kam, spricht Cl. Harms zuerst als Vermutung aus.

14) Der erste Verräter kommt bei Luther und in den Bremer Chroniken vor; Neocorus und Hellmann fügen den zweiten hinzu.

15) Dies Gespräch mit Heinrich nur in der „Historia" Links.

16) Cl. Harms macht aus dem Namen des Mannes (Kalbenes) Kal Drewes. Ebersbach (Vorrede zum Glaubensbekenntnis H's v. Z. 1713 S. 58) giebt die naheliegende Vermutung, daß er der Ortswirt gewesen, während Schetelig (Nachricht über das dem Andenken H's v. Z. errichteten Monument. Nebst kurzer Biographie. Altona 1830 S. 15. Anm.) bekümmert ist, daß man „über diesen Beschützer der Unschuld, der es doch wohl verdient hätte, der Nachwelt bekannter zu sein", nichts wisse als seinen Namen.

17) Man hat diese Frau mehrfach mit der hernach für Heinrich auftretenden Wibe Jungen identificiert und damit Confusion angerichtet. So schon die Rennersche Chronik, Crocius Märtyrerbuch und (wie es scheint) Fromme. Das Wort Heinrichs an die Frau: „denn es ist Gottes Wille" steht nur in der sehr selbständigen plattdeutschen Version (Brem. Jahrb. a. a. O. S. 219) von Luthers Erzählung, ist aber ohne Zweifel begründet.

18) Den Zug, daß der eigentliche Richter die Schandthat nicht auf sich nehmen wollte, hat Luther nicht, wohl aber Probst und die „Historia" Links. Luther bemerkt nur, daß der wirkliche Richter „durch Geld dazu erkauft" sei, ohne Näheres beizufügen. Am genauesten ist darin die „Historia": der eigentliche Vogt weigerte sich, obwohl man ihm 5 Gulden versprach, der andere war für diese Summe schon bereit, sie gaben ihm dann noch 5 Gulden dazu. — Uebrigens läßt die „Historia" den Urteilsspruch schon vorher im Orte vor sich gehen, Probst und Luther dagegen — wohl annehmbarer — jetzt erst beim Feuer, wo ja auch die beabsichtigte Beichte erst geschah. Es fand alles das eben nicht nach einem Plan, sondern nach plötzlichen Einfällen statt.

19) Luther hat diesen Zug wiederum nicht, sondern Probst („Quod illi magicis ut debent tales artibus tribuerunt") und die „Historia". („Das aber gaben die thörichten leute der zauberei zu, wie denn solche verstockte menschen thun sollen, die auff got, sein wort und werke nicht achtung haben. Denn sie waren als ganz verblendet und verstockt, daß sie diß große mirackel nicht sehen noch beherzigen kunden" —). Gewiß erscheint damit das gleich Folgende, das Einhauen auf Heinrich, noch besser motiviert als mit der bloßen Ungeduld. Bemerkt sei hier noch, daß nach der „Historia" Heinrich nicht erst zuletzt, sondern gleich zu Anfang und hernach noch zwei Mal auf

das Feuer geworfen wurde; die beiden ersten Male that's ihm nichts, sondern er wurde nur ganz schwarz „vom Pulver und vom Feuer", und lag im Uebrigen die ganze Zeit gebunden auf der Leiter. Probst führt das nicht genauer aus, während Luther ihn ausdrücklich (und gewiß nicht ohne Nachricht) die zwei Stunden im bloßen Hemde unter den Bauern stehen und erst zuletzt auf die Leiter gebunden werden läßt. Letzteres scheint uns annehmbarer.

20) Luther und die Chroniken erzählen von dieser That am folgenden Morgen nichts mehr, wohl aber wieder Probst und die „Historia".

21) Die zeitgenössischen Quellen geben über Heinrichs Todestag kein Datum. Wir lesen dasselbe zuerst, und zwar sofort das falsche, den 11. Dec., bei Neocorus (II, 24), aber hier, wie uns scheint, nur von Prof. Dahlmann beigefügt. Die erste Angabe des 11. mag daher die auf dem überlieferten Bilde Heinrichs befindliche sein („A°. 1524. 11. Xbr"). Dasselbe findet sich dann bei Muhlius, und nach diesem bei Meier, Cl. Harms, Klippel, Wichern, Herwerden, Fromme u. s. w. Auch wir hatten es früher so angenommen (Brem. Jahrb. VIII S. 66 und Liliencron Biographie a. a. O.) Aber außer der obigen Erinnerung, daß der Zug nach Meldorf tags nach Mariä Empfängniß, also am 9., und die Verbrennung mithin am 10. geschah, ergiebt auch ein Blick in den Kalender, daß der 3. Adventssonntag 1524 auf den 11., mithin der Sonnabend auf den 10. fiel. — Herwerden (a. a. O. S. 95) läßt, um den 11. zu halten, Heinrich erst am 29. November (statt 28.) aus Bremen ziehen und schiebt damit Alles einen Tag weiter; aber er richtet damit nur größere Confusion an. Uebrigens bezeichnet schon Hellmann (a. a. S. 54) und neuerdings Wiesner (a. a. O. S. 50) den folgenden Sonntag richtig als den 11. December, beide ohne weiter darauf einzugehen. Wie schade, daß das Denkmal zu Heide ein unrichtiges Datum tragen muß!

Zu Kap. 6. Folgen von Heinrichs Märtyrertod.

Cochläus Hist. Luth. 1525 (die Stelle bei Neocorus a. a. O. II, 29 f. angeführt): „Henricus Sudphanensis — homo apostata, vir inutilis, imo perniciosus, qui ore perverso gradiens jurgia seminabat inter laicos et clericos primum Antverpiae, deinde Bremae, novissime Meldorpiae apud Thitmarsos, ubi tandem voti fracti perfidiaeque et perjurii sui poenas justo dei judicio dedit." Andre römische Schmähungen über Heinrich s. Wiesner a. a. O. S. 53. Hierbei ist ebenfalls zu erwähnen, daß Luther fünf Jahre später eines gegen Heinrich geschriebenen Buches von einem gewissen Ulrich gedenkt. Er schreibt: (den 1. Juni 1530) an Joh. Zelst in Bremen: „Jam quod inter caetera petis de libro Ulrici contra Heinricum Zutphaniae, videtur mihi ira et superbia rapi; quamquam rem ipsam non possum satis intelligere, tamen pugnam verborum videtur movere." (Brem. Jahrb. a. a. O. S. 271). Das Buch ist unsres Wissens jetzt unbekannt. Luther spricht im ganzen Briefe sonst von den

Wiedertäufern, und auch der Ausdruck, es komme auf ein „Wortgefecht" hinaus, könnte zu der sonst wenig begreiflichen Annahme führen, daß ein Wiedertäufer wider unsern Märtyrer geschrieben.

2) Die Briefe von Lang und Link, oben bereits erwähnt, im Brem. Jahrb. a. a. O. S. 194 ff u. S. 201 ff.

3) Neocorus a. a. O. II, S. 28 ff.

4) Bremer Chroniken und Crocius.

5) Cl. Harms a. a. O. S. 28.

6) Hellmann a. a. O. S. 57.

7) Neocorus II, S. 44 ff., Hellmann S. 58 und Göbel: Gesch. des chr. Lebens in der rhein. westf. evang. Kirche I, S. 121 ff.

8) Von Joh. Halversdorf hören wir nur bei Hellmann a. a. O. Aus Bremen ist uns keine Nachricht über ihn bekannt.

9) Brem. Jahrb. a. a. O. S. 252 ff. Später erschien von diesem Briefe Probst's eine deutsche Uebersetzung im Druck unter dem Titel: „Ain erschrockliche geschiht wie etliche Ditmarschen den Christlichen prediger Heinrich von Zutfeld newlich so jemerlich umb gebracht haben, in einem Sendbrieff Doctor Martino Luther zugeschrieben im jar MDXXV." Sie findet sich bei Janssen: Jakobus Praepositus S. 415 ff. Der Text enthält einzelne Abweichungen.

10) Camerarius vita Melanchthonis S. 99 f.

11) Corpus Ref. XIII, S. 949 f.: „Sed multi cadent, inquit, in gladio et flamma. Nec nostrae aetati desunt exempla. Memini virum optimum et excellenti ingenio et doctrina praeditum, Henricum Sutphaniensem, quem Bremensis episcopi ministri crudelissime interfici curaverunt, quod in ecclesia Bremensi evangelium pure docuerat, cum quidem modestissime functus esset suo munere."

12) Phil. Melanchthonis carmen de Henrico Sudphaniense martyre a Ditmarsis, impulsu episcopi Bremensis, frigore et plagis misere enecto tandemque combusto Meldorfae 1524. Das Original f. Brem. Jahrb. a. a. O. S. 302 ff. Herwerden hat es (a. a. O. S. 141 f.) in's Holländische übersetzt. Eine deutsche Uebertragung ist uns bisher noch nicht bekannt geworden.

13) Brem. Jahrb. a. a. O. S. 256.

14) In Luthers Schriften resp. Briefsammlungen. Der Brief und die Schlußworte der Psalm-Auslegung auch Brem. Jahrb. a. a. O. S. 257 ff.

15) In den alten Drucken des J. 1525 steht: „Eyne kurze Auslegung des zehenden Psalm." Es ist aber unser 9. Psalm. Man könnte glauben, daß Luther die Psalmen-Einteilung der LXX und der Vulgata hierbei vorgelegen, welche darin von der des hebr. Textes und unserer deutschen Bibel abweicht, daß sie Pf. 9 und 10 zu einem Psalme zusammenfaßt. Allein dann wäre doch der 10. Psalm der 11., nicht aber der 9. Es liegt einfach ein Versehen vor. De Wette, Walch x. haben darum auch „Pf. 9." corrigiert.

16) Ueber alle diese Ereignisse in Bremen vergl. d. Genauere in Brem. Jahrb. VIII, S. 69 ff. und W. v. Bippen: Aus Bremens Vorzeit (1885) S. 89 ff. Das Protocoll des erwähnten Schiedsgerichtes ist jetzt vollständig abgedruckt im Brem. Jahrb. (1865) S. 17 ff.

Zu Kap. 7. Schluß. Erneuerung des Anbenkens.

1) Schetelig berichtet davon selber in seinem oben erwähnten Schriftchen, welches auch eine Abbildung des Monumentes und die dabei gehaltenen Einweihungsreden enthält. Wir hören, daß bis jetzt noch das 1830 errichtete Denkmal erhalten geblieben ist.

2) Auf Nachfrage wird uns mitgeteilt, daß auch seither in Meldorf nichts zur Erinnerung an H. v. Z. geschehen ist. — Das Gebäude, welches bis vor 10 Jahren dort als Hauptpastorat diente und in welchem jetzt Ditmarsische Altertümer aufbewahrt werden, soll dasselbe sein, aus welchem man H. herausholte. Die Façade indeß trägt eine Inschrift aus dem 17. Jahrhundert und ist somit erneuert.

3) In Bremen hat u. A. die Lutherfeier zur Erneuerung des Anbenkens gedient: unter den trefflichen Bilbern aus jener Zeit, welche damals die Rathausbogen schmückten und jetzt im sog. Domsanbau aufbewahrt sind, stellt auch eins H. v. Z. bar.